千早 茜

桜の首飾り

実業之日本社

実業之日本社文庫

桜の首飾り　目次

春の狐憑き

「この管《くだ》にはね、狐《きつね》が入っているのですよ」

朗々とした声が降ってきた。

顔をあげると、初老の男性がにっこりと笑っていた。

「狐……ですか」

それは二月の終わりで、冬の気配も薄らいではいたが、まだかなり肌寒い午後だった。

私はいつもの公園で古びた木のベンチに座っていた。丘のふもとにある公園は日があまり当たらず、私が座っているベンチの周りだけがぽっかりと日光に包まれていた。

私はかさばる分厚いコートをはおり毛羽だったマフラーを首にぐるぐると巻いて、口をあけたまま男の人を見つめた。握りしめた水筒のコップから湯気がゆっくりとたちのぼっている。

男の人は依然、微笑みながら私を見下ろしている。軽くて暖かそうなオリーブ色の外套《がいとう》が水に濡《ぬ》れた苔《こけ》のように輝いている。コートでもジャケットでもなく、外套。その人からはそんな昔めいた品の良さが漂っていた。着ぶくれた自分が季節に取り残された雪だるまのように思えた。

私はじわりとほてった頬を隠すために俯《うつむ》き、小さな声で言った。

「……ずいぶん、小さいのですね」

男の人は深く頷くと、もっともらしく言った。

「ええ、ただの狐ではないですからね」

それはそうだろうと思った。

その人の手にある竹製と思《おぼ》しき管は、小ぶりの筆箱くらいの大きさしかなかった。木肌は光沢を帯びた飴《あめ》色をしていて、両側に黒ずんだ金属製の唐草模様の蓋《ふた》がついている。見たこともないものだったが、とても古そうな品のようだった。

「かなり手に入れるのに苦労しましたよ。相当値が張る上に、もう数も少ないですからね」

そう言って、男の人は愛おしそうにそっと管を撫でた。

「はあ」

私は曖昧《あいまい》な相槌《あいづち》をうって、コップのお茶に視線を戻した。少し怖くなった。上品な老紳士に見えるけれど、言っていることがどうもおかしい。話にのって変なものを売りつけられたらどうしようかと思った。

私の猜疑《さいぎ》心に満ちた気配を察知したのか、男の人は「やや！」といきなり声をあげた。

驚いて顔をあげた私の目の前に、すらりとした手が差しだされていた。細く長い指がきれいに揃えられている。

「失礼致しました。わたくし、尾崎《おざき》と申します」

はきはきと言った。私は無視するわけにもいかなくなって、そろそろと手を伸ばした。あたたかく乾燥した手だった。

それが、尾崎さんとの出会いだった。

それから、ちょくちょく同じ公園の同じベンチで言葉を交わす仲になった。

「一般に狐というのは六種類あるのです」

尾崎さんはもっぱら狐の話ばかりした。

彼はいつも細長い体にぴったりと合った仕立ての良い服を着ている。フリーサイズという言葉が最もそぐわない感じだ。デザインはひどくクラシックなもので、茶色や緑といった植物によく馴染む色を好んでいるようだった。背筋をぴんと伸ばし、真っ直ぐにベンチに座っていた。革の靴もいつもぴかぴかに磨《みが》きあげられている。西洋の童話から抜けだしてきたみたいに見える。

そんな尾崎さんにとっての「一般」とは一体どのあたりを指すのだろうと悩みながらも、私は大人しく頷いた。尾崎さんは話を続ける。

「一つは実体のある、いわゆる畜生の類《たぐい》の狐ですね。あとの五つは実体のない狐です」

「五種類も」

「はい」

「尾崎さんのは？」

「わたくしのはクダという種類のものです」

「クダ？」

「はい、そうです」

「そのままですね」

尾崎さんは少し考えて、「そう言えば、そうですね」と笑った。

笑う時の尾崎さんの顔は子どもみたいだと思う。

尾崎さんはもうちっとも若くはないという風貌で、髪にも白いものがたくさん混じって灰色になっているけれど、笑う時は何歳も若返る。

「どうぞ」

水筒のほうじ茶を注いで差しだす。芳《こう》ばしい香りが乾燥した空気に漂う。茶葉はお気に入りのものをわざわざ取り寄せ、毎朝、常滑焼《とこなめ》の急須で淹《い》れている。缶やペットボトルに入ったお茶は、どうも色のついた水という感じがして気分が休まらない。

尾崎さんは「これは、これは」と目を細め、深々とお辞儀をして受け取った。ゆっくりとほうじ茶を啜《すす》り、しばらく目蓋を閉じて「美味しいですね」と微笑む。

私もつられてにっこりとする。

尾崎さんは変わった人には違いなかったけれど、穏やかで、空気を悪くするような人ではなかった。だから、お昼休みの時間を狐の話で潰されても苦にはならなかった。

自分の興味のある事柄に対して無理に意見を求めてくる人でもなかった。それに、非現実的な話は気持ちを濁《にご》らせない。尾崎さんがただ楽しげに喋《しゃべ》るのを安心して聞いていられた。

私の仕事場には、尾崎さん以上に風変わりな人が割とたくさん出入りする。

公園の上の丘を私はそっと見上げた。手すりのついた長い階段が続いている。丘の上では裸の木々が寒そうに風にさらされていた。

小高い丘の上には明治に建てられたという古い建物がある。今は美術館として使われていて、私の職場でもある。

西洋風の装飾がふんだんに施された大きなアーチ状の扉の前に立つと、中学の歴史の教科書に載っていた「文明開化」とか「鹿鳴館」とかいう言葉が頭をよぎる。尾崎さんだったらここに住んでいても違和感がない。それを思うと、少し可笑《おか》しくなる。とても雰囲気のある美術館だ。しかし、市立ゆえの予算不足から設備が悪く使いにくいと評判は良くなかった。

しかも、町外れの丘の天辺にあるので、徒歩で行くには百段以上もの階段を上らなくてはいけなかった。階段の途中ではいつも風が渦巻いていて、私は何度マフラーや帽子を飛ばされたか知れない。

けれど、そこからは遠くに霞む山々と模型のような街並みが見えた。そして、見渡すかぎりの空。美術館の職員はほとんどバスを使って通勤していたので、私はその光景を毎朝ひとり占めすることができた。重厚な石造りの建物に入るまでは澄んだ空に浮かんで、全てのものから切り離された解放感を味わった。

美術館そのものも私はとても好きだった。美術館には生活というものがなかったから。ここには、油汚れがぎとつく台所も、流しで腐っていく生ゴミも、石鹸の香りを漂わす洗濯室も、様々な色や匂いを放つ食品もない。徹底的に管理され、腐ることも成長することもない安定した作品たちがひっそりと在るだけだ。彼らは乾ききった屍《しかばね》のように目に見えない速度で静かに劣化していく。そのせいか美術館は何の匂いもしなかった。ひたすらしんとして、わずかに埃《ほこり》っぽかった。

ここの空気は何十年も前から降り積もったままのように生ぬるく澱んでいて、痺《しび》れるような眠気を誘う。湿度計の針だけが時折思いだしたように揺れる。柔らかな朝の光が古い館内に斜めに射し込むと、人に見捨てられた廃墟にいるような錯覚に陥る。

何より、人が通過していく場所だというのが私を安心させた。どんなにたくさんの人が訪れても、誰一人としてここに留まることはない。人々の流れの中で、私は古い建物や展示品の一部になる。そして、乾いた時間に静かに埋もれる。

毎日、丘の長い階段を上って美術館に行き、じめじめとした地下の更衣室に降りる。制服の黒いワンピースに着替え、黒い小さなリボンのついた丸い靴を履《は》き、小さな黒い帽子をピンで留める。更衣室の隣にあるボイラー室の空調機が、毎朝ぴったり同じ時間に怪獣のような唸《うな》りを響かせる。古い建物が身を震わせ、目を覚ます。

そして、私は正面入り口の真ん前のカウンターに立ち、お客様を迎える。

開館すると、人々の声や靴音が高い天井に反響してくるくると回りはじめる。職員は皆、定められた場所で緩慢《かんまん》な笑顔を貼りつけて、退屈そうにじっとしている。石膏《せっこう》像のように。

永遠のような時間がゆるゆると過ぎ、夕方になる。入り口の大扉と天井の間にはめこまれたステンドグラスを通した色鮮やかな光が、黄ばんだタイルの床に模様を描きはじめると、私は制服を脱ぎ家路についた。

単調で静かな繰り返しだった。

お昼休みだけは美術館からでて、階段の真下にある公園に行った。休み時間の終わるぎりぎりまでそこで過ごし、息を切らして階段を駆け上った。どんなに急いでいても、途中で一回ふり返って景色を見るのは忘れなかった。

私は控え室でのお喋りが苦手だった。それに、一日に一回は太陽を浴びたかった。

尾崎さんに出会ったのも、その公園だった。

美術館で働く前だったら、尾崎さんとは変わった人だとか、歳のずいぶん違う人だという理由で親しく話すこともなかったように思う。

けれど、私は職場で老人や自分の世界に閉じこもった人々をあまりにたくさん見てしまったせいか、尾崎さんのことをさほどとも思わなかった。

私もそう若くはないけれど、まだ歳という年齢でもない。持病や体の衰えに悩まされてもいない。三十を越えてからは若さ故の焦りもなくなった。ある意味、今はとても安定しているのかもしれない。だから、歳をとるということがどのようなことなのか、まだ実感としてよくわからないというのが正直なところだ。

けれど、今のところ老いとは、見えないものが増えていくことのように感じる。それは、肉体的には細かい字だったり、看板だったり、精神的には一般常識だったり、自分自身だったり、他人の感情だったりしているようだった。まるで、どんどんせばまっていく透明の箱に閉じ込められているように見えた。いつかそれが自分にも訪れるかと思うと、空っぽの胃袋みたいなすうすうした気分になった。

公共施設というあけっぴろげな場所は、おかしな人々もふらふらとまぎれ込む。彼らは完全に自分だけの世界にいて、それぞれの価値観に基づいた独特の行動をした。老人のように現実を見たくても見えなくなっていくという焦りや不完全さは、彼らにはなかった。

彼らには他者や現実などを顧《かえり》みる気がまったくなかった。他人になどどう思われようと、意に介してないように見えた。そもそも世界に自分以外は存在してはいなかった。その完全な自己埋没性のせいで、外の世界ばかりを気にして生きている私たちに比べて、ずっと堂々としているように思えた。もしかしたら、彼らの内面世界はとても密度の濃い平穏なものなのかもしれないと私は思った。

もちろん、たくさんの普通の人々も訪れたが、普通の人はその当たり前さ故に私に何の印象も残さないのだった。ひと連なりの景色のように。

普通ではない人間の、その存在感の強さに私はいつも目を奪われ、自分とは何か、普通とは何かを見失ってしまう。目をそらせなくなってしまう。皆はそうは思わないのだろうか。引き込まれそうにならないのだろうか。

「ラインはね、自分がひきたい時にひいたらいいのですよ」

いつだったか、尾崎さんはそう答えた。

「危ないって思うまでは目を奪われることを恐れなくていいとわたくしは思っております。『異形《いぎょう》のものに神宿る』と申しますでしょう。何が良くて、何が正しいかなど一概には言えません。昔の人間は今よりずっとおおらかでしたよ」

「昔っていつの話ですか？」

「この狐が生まれた頃です」

尾崎さんは背広の内ポケットから管をそっと取りだして、見てきたように呟いた。

「尾崎さんは学者か何かなんですか?」

尾崎さんは自分のことをあまりというか、ほとんど話さない。

だから、たまに私から質問をした。

「それは、調べ物や書物は好んでおりますが、それで生活はしていませんね」

のんびりとした口調で尾崎さんは答える。

「じゃあ、何で生活をしていらっしゃるんですか?」

「先天的なもので、ですよ」

よく意味のわからない答えだった。尾崎さんはよくそういうことを言う。はぐらかしているわけではなく、尾崎さんにとっては意味が通っていることのようだ。追及すれば詳しく話してくれるのだろうが、どうも腰がひけてしまう。

私が考え込んでいると、尾崎さんが言った。

「あなたは丘の上の美術館で働いているのですね」

「なぜ、わかったんです?」

「制服を見たらわかりますよ。この時間はお昼休みなのでしょう?」

尾崎さんは笑った。私は少し恥ずかしくなって俯いた。

「尾崎さんは不思議な方だから、何もかもお見通しなのかと思っていました」

三月になり、暖かくなりはじめた公園には少しずつ人が増えだしていた。私たちの前の滑り台では母親と三歳くらいの子どもが遊んでいる。子どもの履いた小さな靴は踏みしめる度、あひるのおもちゃの声で鳴いた。

「わたくしは普通の人間ですよ。この狐は全てお見通しですが」

「全てお見通しなんですか？」

「ええ。クダは元来占いに使う狐なのですよ」

「占いをしてらっしゃるんですか？」

子どもが滑り台の上で甲高い声をあげる。尾崎さんはゆっくりと頭をふった。

「修験《しゅげん》者の方しかできません。元々、彼らが狐を管に入れたのです。本当はわたくしには不相応な代物です。狐も最初はわたくしを馬鹿にして、そりゃもう大変でした」

「狐は言葉を話すのですか？」

「もちろんです。ただし持ち主とのみですが、クダにはクダなりに要望というものがありますし、わたくしだってそう勝手をされては困りますから話し合う必要があります。今では折り合いをつけて、とてもうまくやっていますよ」

またもよくわからないことを言って、尾崎さんは狐の入った管を耳にあてた。私はゆらゆらと頷きながら、その顔を覗《のぞ》き込む。

「何と言っています？」

尾崎さんは眉毛を下げて少し笑った。

「子どもは嫌いだ、と言っていますよ」

鳩を追いかけ、転んだ子どもがけたたましく泣いた。


その月、滅多にやらない近代美術の企画展がはじまった。春に向けての人集めのためなのだろう。主催も珍しく大手テレビ局だったので、過剰な宣伝がされた。そのせいで、美術館は人でごった返すことになってしまった。

美術館の職員は予想外の人の入りにすっかり混乱してしまった。私たち受付係はお客さんの誘導がうまくできず、声を嗄《か》らすばかりだった。企画展の方のスタッフは主催者が雇った人々だったため、古い美術館の複雑な内部を理解できていなかった。

しかも、二階では来週からはじまる美術大学の卒業展の搬入が行われていた。時間にルーズな学生たちは、決められた時間を過ぎてもまだ組み立ての騒音を轟《とどろ》かせていた。それを注意しに行く余裕は誰にもなく、焦りと苛《いら》立ちのみが館内に増していった。お客さんの不平がこだまして、職員たちの顔から笑顔と落ち着きを削りとっていく。

ひっきりなしになだれ込んでくる人々の群れの中で、私たちは右往左往するだけだった。

ざらざらとしたものが充満していく中、常連の老人が今日はどうしてこんなに騒がしいのだ、と受付に来て文句を言いはじめた。最近、美術館に入ったばかりの若い女の子が見るからに不機嫌そうな表情を浮かべた。

私は少し離れたところで他のお客さんにロッカーの場所を説明していた。老人と彼女の会話は聞きとれなかったが、ぴりっと電流じみたものを頬に感じた。ああ、よくないな、と思って受付に戻ろうとした瞬間に、老人の顔が凍りついた。その周りにいた職員の動きも止まった。

その新入りの子はよく問題を起こす。彼女はしごく当たり前のことを平然と言い放つからだ。きっと今回もそうだったに違いない。しかし、苦情を言ってくる人々が欲しいのは現状の説明でも正論でもなく、謝罪と共感なのだ。特にプライドの高い人間は正当なことをしたり顔で言われると腹がたつ。

老人は顔を真っ赤にして、館内に響きわたる大声で怒鳴った。杖を持つ手が震えている。

入館待ちの列に並んだ人々が眉をひそめた。不快そうな声があちこちからあがる。

美術館中の禍々《まがまが》しい感情が飽和状態に達したような気がした。空気が薄くなっていく。息苦しい。金魚鉢の中にいるみたい。私は目を閉じ、深呼吸をしようとした。

その時だった。甲高い笑い声が天井を突き抜けていった。

はっと顔をあげると三十後半と思しき男が奇声をあげ、傘を振り回してホールで踊っていた。辺りは静まりかえり、男のたてる靴音だけがきゅうきゅうと駆け抜けていく。その男を警備員が二人がかりで取り押さえる。彼は押さえられながらも、涎《よだれ》を垂らして笑い続けていた。受付にいる私たちを指差してなおも高い笑い声をあげる。

職員もお客さんも呆気に取られた。

警備員が男を連れだしてしまうと、我に返ったようにざわめきは戻ってきたが、先ほどまで充満していた苛立った空気は払拭《ふっしょく》されていた。皆、すっかり毒気を抜かれてしまったようだ。

怒鳴っていた老人もばつが悪そうに、「おかしな人もいるものですな」と弱々しく笑った。私は微笑みながら相槌をうち、不手際を詫びた。

老人が去っていくと、新入りの若い女の子が眉間に皺《しわ》を寄せて「キモ」と呟いた。一体、誰に向かって言ったのかわからなかった。

やっとお昼休みになり、お弁当と水筒を持って控え室からでようとした時、さっきの若い子が声をかけてきた。

「若林《わかばやし》さんって感情が昂《たかぶ》ったりとかしないんですか?」

彼女は椅子に座ったまま、脂取り紙を鼻に押しあてている。

「何がおきても涼しい顔していますよね」

目を細めて挑発的な笑みを浮かべていた。これと似た表情を私は何度も見たことがある。

わざとにっこりと笑う。

「仕事だからね。面倒でしょう、いちいち本気になるのも」

「馬鹿らしくって関わっていられないって感じですか」

そういうわけじゃない。けれど、説明しても無駄な気がする。画びょうで壁にぎゅっと貼りつけるような言い方だった。

「私にはとてもできないですね」

その子はなおも続ける。喋りながらポーチから折りたたみの鏡を取りだす。

「なんか、すごいっていうか、変わってますよね」

グロスで光る唇が歪んで、笑った。鏡の中に笑顔を作ったのかもしれない。けれど、その笑い顔は心臓にべったりと貼りついた。無性に口の中がねばねばする。

控え室の扉を押しながら首を傾げて笑顔を作り、薄暗い廊下に飛びだした。ざわざわと皮膚の裏で何かが蠢《うごめ》いている。美術館にはあまり窓がない。薄闇を裂くように足を速めた。冷たい石の床に靴音が高く響く。

正面玄関に群がる人をかきわけ、砂利道を進んで公園に向かう。

何もかもが騒がしい。静寂が隙間なく埋めつくされてしまう。いつもの温度のない陰影だけの空間が恋しい。ひとりきりの澄んだ静けさに浸りたい。早く、早く。

気がついたら、小走りで階段を駆けおりていた。

耳の横で風が渦巻いている。どくんどくんと鈍い震動が体を震わす。

君は何を言っても無表情で、考えていることがわからない。

俺のこと諦めているから何にも言わないの？

風の唸りが昔一緒に暮らしていた人の声に変わる。思いだしたくない。

その人は私を好きだと言ってくれた。わかってもらえていると思っていた。

それなのに、ある日、彼は私のことを変わっていると言いだした。その日からぷっつりと言葉は通じなくなってしまった。彼の言うことに迎合しても、不信感を露《あら》わにするようになった。本当はそんなこと思ってないくせに、という顔で私を見た。何を言っても伝わらず、何も伝わってこなくなった。異国語のように。言葉がするっと彼の体を通過していく度、涙が零《こぼ》れそうになった。

今まで二人で築いてきたものが崩れていって、色を失い、荒れ果てていった。それを見ると胸が軋《きし》んだ。

無理に作る笑顔もだんだんこわばっていった。毎晩、胃がちりちりとした。

不満がないから黙っていた。たとえ、ちょっと気になることがあっても流していた。世の中には私の力では変えられないものがある。それは小さい頃から知っているから、嫌なことが起きてもただ過ぎるのを待った。それでは駄目だったのだろうか。

さよならは私が言った。最後までわからないと言われた。努力もしないのかと。

努力だって伝わらなかったら、ないのと同じだ。私には伝える能力がないのだろう。多分、その頃から私のどこかはずっと壊れっぱなしで、人といても通じることはないのだと思う。生まれつき、そういう能力に欠けているのかもしれない。欠陥品が人といても迷惑をかけるだけだろう。どうせ崩れてしまうなら、私は最初から廃墟にいる方がいい。

灰色の階段を次々に踏んでいく自分の足を見る。段を踏み外しかけて、塗装の剝《は》げた手すりを握る。前のめりになり、体が止まった。息が切れている。

せわしない音を刻む胸を押さえ、大きく息を吸う。それから、ゆっくり一歩ずつ階段を下った。

本当は気付いている。私は人と関わるのが怖い。

諦めることで逃げている。わかっているけど、恐怖が勝っている。ずっと。

ねえ、尾崎さん。あなたは怖くないのですか？　いつもそんなおかしなことばかり嬉しそうに話して。そんなに自然体であけっぴろげで、てらいがなくて。素の自分をさらけだして、誰かに拒絶されたり誤解されたりするのが恐ろしくないのですか？

私は、怖い。人に心を許したり、頼りにしたり、惹かれたり、そういう何もかもが怖くてたまらない。何か勝手に思われたり、幻滅されたり、嫌われたり、裏切られたりするのが怖い。自分を否定されたら、どうやって立っていればいいのかわからなくなる。それだったら一人がいい。何も変わらず、すり減ることもない。

公園に尾崎さんはいなかった。

私は少しほっとして、重くなった体をベンチに投げだした。

今、尾崎さんの優しい笑顔を見たくはなかった。一人で普段の状態に心を戻したかった。いつものように。ベンチは冷たく、体に染みこむようだった。

空を見上げると、じっとりした灰色の雲が重く垂れ下がっていた。公園は静まりかえっている。

湿った冷たい風が吹いて、私は身震いをした。

遠くの方で雷が鈍く唸ったような気がした。

次の日は雲ひとつなく晴れていた。私がお弁当箱を開けると、後ろから柔らかい声がした。

「いつも、美味しそうですね」

尾崎さんだった。

「あ、もう菜の花がでていたんです。和辛子を少し入れて和《あ》えてみました。あと、筍《たけのこ》も。若竹煮にしました、好きでいつも作りすぎてしまうんですけど……あと、卯《う》の花も煮ました、名前がほら、春らしいでしょう」

なんだか私は少し饒舌《じょうぜつ》になっていた。尾崎さんはうんうんと聞いてくれている。

「わたくしも好きですよ、若竹煮。春ですね。ああ、春といえばたらの芽も良い」

「いいですね。ほろ苦いものは体がきれいになった気がしますよね」

「ええ」

尾崎さんもどことなく弾んでいるように見える。

「そういえば、狐は何を食べるのですか？」

「狐はね、人の正気を喰います」

尾崎さんはにっこりと言った。ふざけて聞いたつもりだったのだが、私はぎょっとした。

「時々ね、喰いたい、喰いたいと、ずいぶん騒ぐから少し管を開けてやります。風のように飛んでいきますよ。狐憑《つ》きと言うでしょう。喰われている間はそうなります。昨日、おかしな人が美術館に来ませんでしたか？　こいつの仕業です。帰ってきてから、あなたがいたと言っていましたよ」

　私は思わず尾崎さんの顔を見つめてしまった。

「悪い狐だったんですね……」

　尾崎さんはとんでもないという顔と身振りをした。

「良いとか悪いとかではなく、そういうものなのです。生き物は全て在るがままに生きるから生き物でいられるのです」

「でも人をおかしくしてしまうのは困りませんか？」

「それは人間の都合ですね」

　尾崎さんははっきりと言った。少し驚いた。尾崎さんは私の顔を見ると、詫びるようにそっと微笑んだ。

「なにも一生涯おかしくしてしまうわけではないのですよ、ほんの少しの間です。そうですね、ちょっとした病原菌みたいなものです。憑いても宿主を殺すことまではしません。むしろ、風邪などと同じで耐性がついて前より頑丈になったりもしますよ。憑かれている間も悪いことばかりが起きるわけでもないですし。普段閉まっている心が開放されるので、今まで気付かなかったことに気付けたりもするのです。けれど、最近は皆さん心の持ち様が不安定なのか、あのように派手に騒ぎますね。狐も喰いたいと思う健全な心が少ないと嘆いておりました」

「今の人たちはあまり健全ではないのですか?」

「ええ、人であって、人でない人が増えているのですよ。機械が作ったものばかり食べていたり、自分の周りの自然を感じられなかったり。周りに流されてばかりで自分の内なる声をきちんと感じとって生きていないと、生き物としての正気は保てません。そうなると、見た目は人でも中身はもう人のかたちを保てなくなります。憑きものと違ってこちらはひどく治しにくいのです。自分自身が病の元なのですから。しかも、やっかいなのは人は人でなくなってしまっても、生きることのできる場所が保障されている点です。いや、これはある意味では救いとも言えるのでしょうが……」

　私は桜海老《えび》の入った玉子焼きを箸《はし》で摘《つま》んだまま、熱心に話す尾崎さんを眺めていた。

「その玉子焼き、きれいな色ですね」

突然、尾崎さんがくるりとこちらを見たので、私は慌《あわ》てて玉子焼きを口に放り込んでしまった。頬張ったまま首だけ揺らして応える。くすりと尾崎さんが笑う。

「若林さんはとてもまともそうですよ」

「でも、私、変だ、変だって言われますよ」

「そんなことないですよ。いつも狐が言っています。若林さんの正気が喰いたいって」

「えっ」

私は少し身を引いた。

「大丈夫です。わたくしが制しておりますから」

尾崎さんはただでさえ姿勢の良い背中を反らし気味にした。

私は足もとを見て、身を縮めながら呟いた。

「でも……本当に私には狐の喜ぶようなまともさはないと思いますよ。いつも揺れてばかりです。逃げてばかりなんです」

尾崎さんがゆっくりと首をふる気配が伝わってくる。

「きちんと人の感情を感じとれるあなたがおかしいはずはありませんよ。あなたの揺らぎは鼓動のように生々しくてあたたかいですよ。それに、どんな動物だって痛い目にあってしまったら、逃げるようになるのが普通です。怖くないと自分が納得するまでは、逃げてばっかりでもいいのですよ」

穏やかな声だった。日差しが尾崎さんの衣服を暖めて、柔らかな匂いを立ちのぼらせている。尾崎さんは何も聞かなかった。ただ、黙って微笑んでいる。私は慌てて話をそらした。

「狐はどこから人の体に入るのですか？」

「ヤコという種は脇からと言われています。クダは耳からです」

「入られて正気を喰われるとどうなるのですか？」

「ヤコは位が低いので、入られると半狂乱になります。他はさっきも言ったように、その人の心の持ち様によります。異常に頭が良くなったり、予言をしたり、暴飲暴食をしたり、精神不安定になったりするそうです。憑きものが落ちたと言ったらそのままですが、我に返ると割とすっきりするようですよ。あと、一番位が高い狐は人間の姿に化けて人に近づくこともできます」

「どうして、そんなことをするんですかね……」

私は筍を口に運んだ。少し硬かった。

「ですから、そういうものだからです。理由なんてありません。昔は人智を超える出来事が常だったのですよ。目先の善悪に囚《とら》われてはいけません。すぐに出る答えなど大した価値はないのですよ。答えなんかない方が当たり前なのですから、本当はね」

のんびりと尾崎さんは言った。

相変わらずむちゃくちゃな理屈で話す。本当は意味なんかよくわからなかった。けれど、尾崎さんの言葉はいつも私にすうっと浸み込んだ。

まだ、春に馴染みきっていない鳥の声がどこからか届いた。

週明け早々にすごい高熱がでてしまった。体中の痛みで目が覚めた。

どうやら春の不安定な気候で風邪をひいてしまったようだった。

熱で歪んだ視界で、小さな天井がぐるぐると回っている。

風邪なんてひいたのは久しぶりだったせいで、たいそう心細くなってしまった。

いい歳をして情けない。反省しながらふらふらと起きあがる。職場に休みの電話を入れ、熱っぽい体とぞくぞくする背筋を抱えて薬を買いにでた。

道を歩いていると、白っぽいものがちらちらと景色をぼやけさせた。熱のせいかと思ったら、違った。

桜が満開だった。

青空と見事に調和して、幸福な音楽のように咲き誇っている。

尾崎さんと見たいな、と思った。休みが続いていたので、尾崎さんにもう公園には来ないと思われるのではないかと心配になった。その途端、桜がじわりとにじんだ。びっくりした。熱のせいで情緒不安定になっているのだろう。

スーパーで生姜《しょうが》と葱《ねぎ》とグレープフルーツ、薬局で薬とスポーツドリンクを買って帰った。お粥《かゆ》を食べて、ビタミン剤と薬と水分をせっせと採り、汗で湿ったパジャマを着替え、何も考えないようにして布団にもぐる。

睡眠だけは十分にとっていたから、意識だけがわずかに覚醒したまうつらうつらとした。おかげで変な夢をたくさん見てしまった。眠りの中で、部屋の外を通る人々の声もよく聞こえた。

尾崎さんと探し物をしている夢を見た。でも、尾崎さんは何を探しているのか教えてくれなくて、仕方がないので私は何か変わったものを見つける度に、走って尾崎さんに見せに行く。何度持っていっても、尾崎さんは黙って首をふるばかり。その表情がだんだん暗くなっていくので、私は幻滅されるのが怖くなり、ついには持っていけなくなってしまう。

そういう悲しい夢だった。

目が覚めると真夜中で、さらさらと雨の降る音がしていた。

桜が散ってしまう、と思った。

息が苦しくなるくらい悲しくなり、居ても立ってもいられなくなった。何度も起きたり、寝たりして結局明け方までまんじりともできなかった。

日が昇ると私は化粧もせず、厚着をして外に飛びだした。

雨はあがっていたけれど、ところどころにある桜の木の下には白い点がいっぱい散っていて、私の鼓動を大きくさせた。必死で公園に走った。

公園は静まりかえっていて、人のいる気配がなかった。遠くで新聞配達の自転車が軋む音が響く。私はがっくりとうなだれた。そもそも、こんな朝早くから尾崎さんが公園に来るはずがないのだ。

諦めて帰ろうとした時、一番奥のベンチで人影が動いた。

尾崎さんだった。

「尾崎さん！」

私が叫ぶと、やあという感じで滑稽《こっけい》なほど真っ直ぐ手をあげる。まぎれもなく尾崎さんだ。

走っていくと、尾崎さんは濡れたベンチに皺一つないハンカチを敷いて、相変わらず姿勢良く座っていた。

息を切らしている私を見上げて、にっこりと笑う。

「久しぶりですね。どうしたのです、こんな朝早くから」

私は何と言ったら良いのかわからなくて、尾崎さんをじっと見つめた。

「少し顔がむくんでいますよ。頬も赤い。風邪ですか？」

尾崎さんは心配そうに私の顔を見つめ、すっと立ちあがると私のおでこに触れた。

尾崎さんの手はひんやりと心地良く、やっぱり乾いていた。

すらりとした背の高い尾崎さんを眺めていると、鼻の奥がつんとしてきた。

「尾崎さん」

「はい」

「桜が……桜が散ってしまうような気がして……」

尾崎さんはおでこから手を離して、そっと私の手を握った。きっと、私は泣きそうな顔をしているのだろう。なんだか子どもみたいだ。

「わたくしもそんな気がして、こんな朝早くから来てしまったのです。どうやらわたくしたちは桜に誘われてしまったようですね。でも、ほら、大丈夫だったみたいですよ」

尾崎さんが見上げた方向を見ると、そこには薄桃色の雲で覆われた丘があった。美術館の周りに植えられた桜たちだった。

朝のほの白い空にぽっかりと浮かんでいる。

吸い込んだ息が止まった。

「まるで、丘が冠《かんむり》を戴いたようですね。なかなかの絶景ですね」

尾崎さんが満足げに言う。

「尾崎さん」

「はい」

私は桜を見たままで言った。言葉が勝手に口からほろほろと零れていた。

「私、もう尾崎さんに会えなくなるかと思ったんです」

「はい」

「そしたら、もうこうやって桜がきれいですね、とか言い合えなくなるって思ったんです」

「はい」

「それは嫌だなって思ったんです。私、まだ尾崎さんに何も伝えてない。お話しできて楽しかったとか、安心したとか。私、本当に嬉しかったんです、ほっとしたんです」

「はい」

「だから、ちゃんと尾崎さんに関わりたいんです。これから、ちゃんと」

いつの間にか涙がぼろぼろ落ちていた。桜はにじんでますます雲みたいになっている。おかしなことを言って子どもみたいに泣いて、怖くて尾崎さんの顔が見られなかった。桜がどんどんぼやけていく。

しばらくの沈黙の後、尾崎さんが言った。

「狐に憑かれてもね」

ふいをつかれて、思わず尾崎さんの顔を見てしまった。尾崎さんは優しく微笑んでいた。

「狐に憑かれても、本人はね、気がつかないらしいですよ」

何のことを言っているのかわからなくて涙が引っ込んでいった。尾崎さんは「ふふ」と笑い、また桜を見上げる。手は握ったままだった。

「今度のあなたのお休みに一緒に桜を見に行きましょう」

尾崎さんがのんびりと言った。私はまだぽかんとしていた。

「幸い、この街にはたくさんの桜があります。昔、桜守と呼ばれた庭師がいて、街にあらゆる種類の桜を植えたそうですよ。遅咲きの取っておきの場所を知っています」

「尾崎さんは何でも知っていますね」

「ええ、狐が教えてくれますから」

背広のポケットに触れて悪戯《いたずら》っぽく笑う。ああ、いつもの尾崎さんだ。そう思うと頬が緩んだ。

「お弁当、わたくしの分も作ってくださいますか？」

「え」と、飛びあがる。

「お花見、行きましょう」

慌てて私は「はい」と言った。少し声がうわずる。尾崎さんが目の端でくすりと笑う。

「わたくし、こう見えてもけっこう食べるのですよ」

「重箱で作ります」

「狐の油揚げもお願いしていいですか？」

「でも、人の正気がごはんなのでしょう」

「たまには狐らしいもので我慢してもらいます」

私がくすくす笑うと、尾崎さんも声をだして笑った。

「風邪、早く治してくださいね」

「はい」

そうして、二人で黙って桜を眺めた。

湿った黒い土に薄い花びらがあたたかい風に乗って散った。

白い破片

薄鼠《うすねず》色に曇った空気が斜めに裂かれた気がした。

ややあって、青いビニールシートがぽつ、と鳴った。

小さいが軽快な振動が次々にシートから尻に伝わってくる。俺は吸いさしの煙草をコーヒーの空き缶に落としながら立ちあがり、もうあちこち水滴が滲《にじ》みだした革靴を履いた。

隣で俺と同じように所在なげにビニールシートに座り込んでいたおっさんが、ぽかんと口をあけたまま体育座りで空を仰いでいる。口に雨粒が入りそうだ。並んだビニールシートの向こうの桜に目をやっては、また灰色に濁りだした空を見上げる。現状を認められないようだ。

雨足が強まっていく。あちこちに座り込んでいた人々が不満げな声をあげながら立ちあがりはじめた。

俺は会社に電話をかけた。会社とは言っても作業員を含めても三十人たらずの印刷所なのだが。すぐに事務の溝口《みぞぐち》がでた。

「あのさ、雨降ってきたんだけど」

一瞬の沈黙の後、よそいきの声が裏返る。

「あーなんだ、岸田《きしだ》さんか。びっくりした」

なんだとはなんだ。花見の場所取りを頼んできたのはお前だろう。電話の向こうでデスクチェアの軋む音がした。のけぞりながら窓の外を見ているのだろう。

「本当だ、最悪。天気予報ってあてになんない」

「で、俺はどうしたらいいわけ？」

「んー」と、煮え切らない声が鼓膜《こまく》を震わす。黄色と言ってもいいくらいの茶髪を指先でくるくるやっている姿が目に浮かぶ。なんでもいいから早く決めてくれ。四月とはいえ雨粒は冷たかった。

「社長、今お客さんと話してるし、もうちょっと様子見てもらえる？　またかけるから」

「延期になったら直帰していい？　あと三十分くらいで終業時間だし」

「んー多分ね。あー止まないかなー」

これ以上、語尾の伸びた声を聞いているのも鬱陶《うっとう》しかったので電話を切った。大体、五つも下のくせにどうしてタメ口なんだ。何か頼む時と謝る時だけべたべたとした甘い声になる女。いつもは気にならないのに電話だと妙に苛立つ。

ビニールシートには水溜りができつつあった。様子を見ろと言ったのは溝口だし、ぐちゃぐちゃになっても俺は知らない。けれど、花見が中止になったらたたんで持ち帰らなきゃいけないだろう。泥水で営業車を汚されるのは嫌だ。

濡れた前髪を伝って雨水が目に入ってくる。そういえば、昔は酸性雨で禿《は》げるとかまことしやかに言われていたけど、今はどうなのだろう。昔より地球がきれいになっているとは思えないが、三十路前で禿げるのだけは勘弁して欲しい。

敷き詰められたシートの間を走り抜け、神社の軒下に入った。足元に空き缶を置き、朱色の柱にもたれる。そこから、人々がシートをたたんだり、広げかけた食べ物を片付けたりするのを見るともなく眺めた。街の中心にあるこの商業的な神社は一番人気のある花見スポットだ。

勢いを増す雨の向こうで境内の木々に掛けられた提灯《ちょうちん》が次々に赤く点りだす。けれど、屋台の幕はぴったりと閉じられたままだった。今夜の花見は中止だな、と誰に言うともなく呟いて煙草に火を点けた。

目の端でちらちらと白いものが揺れた。桜だった。

俺が陣取っていたシートの密集地帯と違って、神社の拝殿からは境内の桜がよく見えた。ぐるりと敷地を取り囲んでいる。なるほど、桜の名所と言われるのも納得だ。地面は花見客のビニールシートで覆いつくされていたが、その上には無数の桜が雲のように浮かんでいた。

夕闇と雨で灰色に塗り潰されていく空気の中でも、桜はうなだれることなく、くっきりとした輪郭を保っていた。せかせかと帰り支度をする人々を悠然と見下ろしながら。

俺は大きく煙を吐いた。一瞬、目の前の桜たちがぼやけた。

花見が明日や明後日に延期になったとしても、俺は今週はほぼ毎日遅い時間にお得意さんとの約束が入っていて行けない。今日がたまたま暇だっただけだ。助かったな、と思った。

正直言って、花になんか興味はない。飲み会もあまり積極的に参加したいとは思わない。まったく、なんで今年に限って花見をすることになったんだ。まあ、場所取りをしたのだから宴会をさぼっても文句は言われないだろう。後は電話を待つだけだ。

降りしきる雨の、その向こうで桜が散った。内心であれこれ言い訳を考える俺を笑うように音もなく、ひそやかに。目の奥にちらちらとした白い残像を残しながら花はほどけて、白い欠片《かけら》になって黒い土に散らばっていく。

脳裏で硝子《ガラス》の破片がきらめく。薄く笑う唇。何にも揺るがされず、何にも染められることのない白い輪郭。もう探さないと見つけられないくらい薄くなった掌《てのひら》の傷口が疼《うず》く。あの時の、羞恥とかすかな恐怖が湧きあがる。

まだあの女に囚われている。この季節になると囚われてしまった自分を思いだす。気に障《さわ》る。俺はしゃがんで、コンクリートを打つ雨粒を眺めながら煙草をたて続けに吸った。

「ここ、タバコ禁止だよ」

ふいに、まるく柔らかい声が耳に転がりこんできた。横を見ると、賽銭《さいせん》箱の前の階段に女が座っていた。

薄闇に浮かんだ白い顔に思わずぎくりとした。

が、身を乗りだして俺を見下ろしていたのは、二十歳《はたち》そこそこの少しぽっちゃりした女だった。俺と目が合うと、人懐っこそうに笑った。あの女だったらこんな風に笑わない。人違いだ。

目を逸《そ》らし、顎《あご》を軽く突きだすようにして頭を下げると、煙草を地面に擦《こす》りつけて消した。吸殻を空き缶に突っ込む。まだ女がこっちを見ている気配がした。

もう文句はないだろ、という気持ちを込めて目をやると、女はまたも悪びれた様子もなくにっこりと笑った。その時、女が裸足なのに気がついた。階段にも、地面にも靴はない。ちょっとおかしい女なのかもしれない。それか酔っ払っているのか。まあ、春だしな。

俺は立ちあがると、女を見ないようにしてまた柱にもたれた。

風が吹いて、濡れた花びらが数枚、足元に落ちてきた。白く光るそれは頭の中で尖《とが》った硝子の破片に変わる。あの女の冷ややかな薄笑いが胸を刺す。毎年、毎年のことだ。

その女はどちらかと言えば苦手なタイプだった。

にこりともせず、玄関に立った俺たちの上から下までじっと眺めて、後は道端の小石か雑草かのように存在を無視した。美人と言えなくもないが、目の端と口元に何とも言えない陰のある女だった。今にして思い返せば、それは色気とかなまめかしさと形容してもいい憂いだったが、まだ若かった俺にはなんとなく陰気な女だ、としか捉えられなかった。

その頃、俺は三流私大の学生で、遊ぶ金欲しさにろくに学校にも行かず、引っ越し屋のバイトに明け暮れていた。見積もりの時以外は基本的に客とはあまり話をする必要もなく、黙々と荷物や家具を梱包して運ぶ単純な肉体労働だったから、いちいち客のことなど気にはとめない。よっぽど口うるさい客でなければ。

けれど、その女は妙に気になった。女の放つ沈黙がひどく息苦しかったのだ。俺たちが作業をしている間、部屋の隅でずっと表情を変えず立ち尽くしていた。俺たちのことを胡散《うさん》臭く思って見張っているのかと思ったが、女の目には何も映っていなかった。自分の引っ越しだってわかっているのかな、と思うくらい。なのに、ただぼんやりしているだけの割には佇まいに品と威圧感が漂っていた。落ち着かなくて何回か段ボールを取り落としそうになった。

女が言葉らしいものを発したのは一度きりで、俺と先輩がふうふう言いながらやたら立派なダブルベッドを運んだ時だけだった。

「そこに」と、女はだだっぴろい部屋の真ん中を指して言った。

高校の時、大嫌いだった古典で習ったかそけき声とはこういう声を言うのかと思った。女の薄い唇はほとんど動かなかった。

実際、女の荷物はひどく少なく、後は鏡台と衣類くらいだった。あっと言う間に搬入が済み、女は先輩が差しだした書類にサインをすると、静かに財布からお金をだした。システムキッチンのついただだっぴろいリビングは寒々しく見えた。

「段ボールは再利用しますから、電話を下さったら取りに来ますんで」

玄関でそう言うと、女は軽く頷いた。

閉じられたドアの向こうでチェーンをかける音が冷たく響いた。

「なんか感じ悪い人でしたね」と、トラックの助手席に乗り込んでから言うと、先輩はペットボトルの水を飲みながら地図を広げた。

「そうか？　大人しい人なんじゃないか？　さあ、次、次」

確か三月になったばかりだった。引っ越し屋にとってはだんだん忙しくなってくる時期だった。先輩が地図から顔をあげた。

「そういえばさ、このマンションの裏手に土手があってさ、きれいなんだよ」

「何がです？」

「桜並木がさ。もう少したったら、彼女とかと行ったら？」

「今、そういうのいないんで」と、俺は気のない返事をした。

「っていうか、俺あんまり春って好きじゃないんですよ。空気汚いし、眩《まぶ》しくてざわざわしていて。桜も妙にちらついて目にちかちかするし。なのに、なんか薄ら寒くて」

「なんだそれ。今年はちゃんと見てみろよ、印象変わるぞ」と先輩は笑って、トラックのエンジンをかけた。車体が身震いするように揺れた。

自分が話をもちだしたからなのか、先輩は土手の道を走った。確かに裸の木々が道沿いに植わっていた。ガタガタ揺れる車の窓からまだカーテンのついてない女の部屋が見えた。横に細長い三階建ての、駐車場がついた小ぎれいなファミリー向けマンション。たくさんの窓が西日を照り返して目を射した。ここに桜が咲いたらさぞ眩しいんだろうな、と思った。

光も桜も見まいとしてもちらちらと目に入ってくる。わずらわしい。はじめて見た時から俺にとって女はそんな感じだった。言葉なんて何も発しないくせに、それ以上の存在感を放ってくる。何かを思う間も与えず目を奪う。

それから一週間後のことだった。段ボール回収に行ってくれと渡されたリストの中にその女の住所があった。

びちゃり、と湿った音がして意識が引き戻された。神社の軒下には黴臭《かび》い雨の匂いがむっとたち込めている。

裸足の女がすぐ隣に立っていた。神社の階段から足跡が点々とついている。

女はボストンバッグを放ると、その上にしゃがんだ。花柄の短いスカートからパンツが見えそうだ。寒いのかパーカのジッパーを首元まであげると、俺を見上げた。

「誰かが楽しく騒いでいるような気がして来ちゃったんだよね。そしたら、桜だったの」

にっこり笑いながら、散った花びらを色のついた長い爪で摘まむ。

「一枚一枚見ると白いのに、遠くから見ると薄ピンクの雲みたい。薄ピンクって幸せそうな色だよね」

そう言う女の片方の頬は腫《は》れていた。唇の端が切れている。細い脚にはあちこち青い痣《あざ》ができていた。治りかけの黒ずんだ黄色い痣もある。どうもややこしそうだ。関わり合いになりたくない。

雨は降り続いていた。他に行く場所もなく、電話もこない。女はじっと俺を見つめている。

根負けして、「あのな」と呟くと、「香澄《かすみ》だよ」と笑う。幸の薄そうな名前だ。

「俺は連絡を待っているんだ、暇なわけじゃない」

「それまで話し相手になってよ。寒いし、寂しいの」

「そんなこと俺に何の関係もない」

「あるよ」

「どうして」

「桜にひかれて来ちゃったご縁じゃない」

香澄と名乗った女はくすくすと笑った。泥だらけの素足で何が楽しいのか。頭のねじが何本か緩んでいるんじゃないだろうか。

「彼氏に追いだされちゃって」と、香澄は桜を眺めながら言った。

「興味ない」

「なんで」

「どうせくだらないからだ」

香澄は俺を見上げた。真顔だった。

「まだ何も聞いてないのにどうしてくだらないってわかるの？」

「今まで何度、他人に身の上話をした？」

香澄は口を結んだ。

「答えられないだろう。それくらい喋《しゃべ》りまくっているんだろ。お前が何度も何度も口にしているのにくだらないことだって気付かないわけはな、人に話すことで一時的に楽になって事実をごまかしているからだ。そうやってわずかずつ解消しながら、お前はくだらない生活を続けていくんだ。なんで俺がその手伝いをしなきゃいけない」

怒らせて追い払うつもりでまくしたてた。香澄はしばしぽかんとしていたが、口を尖らせたり言い返してきたりはしなかった。「お前じゃなくて、香澄だって」と柔らかい声で言うと、「そうかもね」と小さく笑った。それが少し意外だった。

「でも、女の子はくだらない話をしたがるものだよ。理屈はどうあれ喋りたいものなんだよ」

「いや」と、俺は即座に否定した。

「そうじゃない女もいる。いや、いた」

「今晩、暇?」と紐でくくられた段ボールの束を手渡しながら女は言った。

ちらりと見えた室内は少しは家具が増えたように見えたが、それでも殺風景な感じは拭えていなかった。部屋を飾るという気がないのか玄関マットすらない。女本人からもどことなく生活感の欠如した雰囲気が漂っている。

「ご飯か飲みにでも行かない?」

お愛想で天気の話でもするようなさらりとした口調だった。俺は何気ない顔をして段ボールを受け取ったが、手が汗ばんでしまった。動揺を隠そうとして「俺、金ないですけど」と、わざとぶっきらぼうに答えた。「知っているわ」とでも言うように女は薄く笑った。

「仕事が終わったら迎えに来て」

閉めかけられたドアに手をあてて止めた。近くで見ると女は三十手前に見えた。が、俺を見上げた切れ長の目は澄んでいて、なめらかな肌は白く透明感があった。

「旦那とか彼氏とかいるんじゃないんですか？」

女は目を細めた。

「あなた、わたしのこと好きなの？」

「まさか」と俺は慌てて言った。少し声がうわずった気がする。

女は声をださず笑いながらしばし俺を眺めた。

「じゃあ、何も気にすることはないでしょう。ねえ、わたし、何しているように見える？」

「暇をだされたヤクザの愛人かなんか」

意地悪で言ったつもりだった。けど、女は愉快そうに頷くと、「それでいいわ。そう思っておいて、迷惑はかけないから」と俺を玄関から押しだした。閉じたドアの向こうでチェーンのかけられる音がまたも律義に響いた。

狐につままれているような、試されているような、複雑な気分だった。女の余裕に満ちた笑みが目に焼きついていて、誘いを素直に喜ぶ気になれなかった。それどころか正直、嫌な女だと思った。すっぽかしてやろうかとも考えた。

けれど、梱包したり段ボールを運んだりしていても、頭の片隅で女の薄い笑顔がちらちらとよぎった。爪の間にささった小さな刺《とげ》のように、何かするごとに妙に気になった。

結局、仕事が終わると女のマンションのインターホンを鳴らしていた。

それから、週に一度は会うようになった。

女はいつもシンプルなワンピースにカーディガンかジャケットだった。アクセサリーは控えめだったが高価そうなものをつけ、ヒールもハンドバッグも傷ひとつなく、服は毎回違った。タクシーでレストランに行って、その後バーで二杯ほどカクテルを飲み、タクシーで帰った。注文は彼女がして、食事はほとんど俺が食べ、彼女がカードで会計をした。

話すのは俺ばかりで、女は自分については何ひとつ話さなかった。俺が黙っていると、いつまでも黙っていた。ゆったりと頬杖をつきながら店内を眺めていた。結局、沈黙に耐えきれなくなった俺が口をひらくことになった。

俺との時間を過ごしたいというよりは、部屋の外に出る口実を作りたいように見えた。

「俺といて楽しい?」と訊いてしまったことがあった。女は皿の料理から目もあげず、「どうしてそんなこと聞くの?」となめらかに言った。「どう答えたら満足なの?」とも。うずらの肉を器用な手つきで骨から取りはずしながら。

俺は羞恥心と自尊心に苛《さいな》まれて何も答えられなかった。そして、二度と訊かなかった。

帰り際、女はいつもマンションの前で「寄っていく?」と振り返った。

俺はいつも断った。下心を見透かされているようで悔しかったのだ。ペースを握られているのも悔しかった。女はいつも落ち着いていて、はっきり言って俺は女に連れていかれる高級そうな店や女の周りの空気に臆していた。馬鹿丁寧な店員の目も気になった。けれど、それを気取られたくはなかった。

俺が断っても、女は残念そうな素振りも見せず、「おやすみなさい」と笑うと、静かにマンションの中に消えていった。その後ろ姿を見る度に後悔が湧き、また女からの電話に応じてしまうのだった。

そんな風に何回か食事に行った。

ある日、女のマンションの裏手にある土手をバイトのトラックで通りかかった時のことだ。いつものように自然に女の部屋に目がいった。ベランダの窓のカーテンはぴったりと閉まっていた。もう昼過ぎだというのに。なんだか胸騒ぎがした。

体がだるいと嘘をついてバイトをあがって、女のマンションに行った。駐車場には見慣れないシルバーの外車が停まっていた。駐車場からは女の部屋のドアが見えた。

日が暮れた頃、女の部屋のドアがあいてスーツを着た男が出てきた。女がちょっと顔を出すと、男は屈むようにして女の耳元に親しげに何か囁《ささや》いた。二人の表情は見えなかった。俺は駐車場を出ると、振りむかず歩いた。

心臓が脈打って、鈍くて熱い痛みが身体中を這っていた。痛みは血管の壁を擦っているようにも、背骨を軋ませているようにも感じた。息が重い。身体の疼きをまぎらわそうとして俺は地面を見つめたまま走って駅に向かった。

次に女に会った時、俺は女が注文を決めてメニューを店員に渡すのを待ってから口をひらいた。

「こないだ、あんたの部屋から男がでてくるのを見たんだけど」

女はグラスの水をひとくち飲んで俺を見つめた。

「偶然通りかかったんだ」

咎《とが》められてもいないのに言い訳がましいことを口にしてしまい身体が熱くなった。

女は少し首を傾げるようにして目を逸らした。

「あいつ誰？　やっぱ、あんた愛人かなんかなの？」

思わず口をついていた。責めるような口調だったと思う。女は俺をまっすぐに見て、目を細めて、笑った。笑ったまま言った。

「だったら何？　それが何かあなたに関係があるの？」

その笑顔を見た瞬間、俺は自分が抱いていた浅はかな願いに気付いた。

俺は女が狼狽《ろうばい》したり、弁解したり、うなだれたりするところを見たかったのだ。怒るところでもよかった。女の素の表情を見て、それをなじって席を立ってやるつもりだったのだ。甘い優越感と満足感に浸りながら。

けれど、それは無残にも打ち砕かれた。女の表情はまったく変わらなかった。女は俺のことなど、はなからなんとも思っていなかったのだ。

「あなたはくだらないこと言わないと思っていたのに」

女は小さく呟いた。それから、「行っていいわよ」と言った。身体から力が抜けていた。女の笑顔を見つめることすらできなかった。

「じゃあ、わたしが行くわね」

女は伝票に手を伸ばすと、静かに席を立った。衣擦《ず》れと爽《さわ》やかな香水の匂いがふわりと横を掠めていった。

俺は女の少し上向きの鼻や時々唇の間から覗く白い歯を思いだそうとした。隙のない整った顔の中でそこがアンバランスに見えて可愛く思えたりしたのだった。けれど、自分のその想いすら欠点を探しだしてやろうとする卑屈な根性に思えた。

周りの席のざわめきや皿のこすれる音がひどく大きく聞こえる中、俺はしばらく席を立てなかった。

「寒い」と、香澄が足を踏み鳴らした。ぴたぴたという情けない音に気が抜ける。
「そのバッグに靴下かなんか入れてこなかったのか？」
「さっさと出てけってすごい声で怒鳴るから、選ぶ時間もなくて。靴も履いてないのに玄関閉められちゃうし。もう、通帳とか判子とか大事なものを摑《つか》むので精一杯だったの。でも、なぜかバスタオルなんか詰めちゃっていて、おかしいよね。あ、そっか、バスタオルがある」

香澄は立ちあがるとボストンバッグから淡い黄色のバスタオルをだして、膝かけよろしく裸足の脚にかけた。なんだか余計惨《みじ》めに見える。

「傘ないのか？」

「あったらこんなとこで座り込んでないよ」

確かにそうだ。俺は溜め息をつくと、ジャケットを頭から被って雨の中に飛びだした。もう境内には人はいなかったので、広げたままのビニールシートの上を靴のまま走り抜けた。いつの間にか花見提灯も消えている。入り口付近に自動販売機があったはずだ。

すぐに灰色の空気をぼんやりと照らす蛍光灯の光が見えた。

走って神社に戻ると、香澄はバスタオルを握りしめて立っていた。心持ち爪先立ちで。俺を見ると子供のように笑った。温かいミルクティーの缶を放ってやる。

香澄は一瞬息を呑んで、驚いたような顔で「ありがとう」と呟いた。

「どっか行っちゃったのかと思った」

その声があんまり弱々しかったので、俺はつい目を逸らしてしまった。

「寒い寒い言われるのがうるさかっただけだ」

差しだしてくるバスタオルを手で払って、缶コーヒーのプルタブをあける。会社に電話をかけようと携帯を取りだした時、香澄が何か呟いた。ミルクティーの缶を腫れてない方の頬に押しつけている。

「あ？」

「その……昔の彼女かなんかだったの？　さっき言っていたくだらないことを言わない女の人って」

「いや」

「じゃあ、好きだった人？」

「どうしてそんなことを訊く？」

「なんとなく」

「もう終わったことだ。俺が今さら何を思っていたって何も変わらない。どうして女ってそういうことを聞きたがるんだ。過去の気持ちに何の意味があるんだ」

俺は煙草に火を点けた。香澄はもう煙草を責めなかった。雨粒が地面を叩くのをじっと見つめていた。本降りになった雨のせいで、境内は水煙でけぶっている。

俺は今まで何人もの女と付き合った。女はたいてい自分のことを好きかと訊いた。俺は笑ってごまかした。そんなことどうだっていいと思ったからだ。誰かに深入りするのも面倒だった。

　結局、他人のことなんてわからないのだ。あの女が何を考えていたかわからなかったように、口先だけで好きだと言い交わしたとて本心など知り得ない。そう思うと愛だの恋だのに振り回されるのが馬鹿馬鹿しくなった。互いの気持ちがどうであろうと、人は寂しければ慰め合える相手を求めるのだ。どこからが身体だけでどこからが気持ちがある行為かだなんてどうやって知れる。そして、知ったとて起きてしまった事実の何が変わる。ただの気休めくらいにしかならない。それか、自分に都合のいい解釈をして事実から目を背《そむ》けるか。どちらにしても、意味がない。

白い煙を薄闇に溶かしていると、香澄が顔をあげた。

「意味はあるよ」

俺を見上げる。

「私は彼氏のこと好きだったよ」

「そんなことされてもか」

「うん。いいの、好きだったから。殴られても、大喧嘩をしても、追いだされても、私は好きだったよ。誰に笑われても、騙《だま》されているって言われてもいいの。だって私は精一杯愛したもの。それに悔いはないから。だから、今こんなでも笑える。今回は失敗したけど、また、誰かを好きになりたいって思える」

アイラインの滲んだ目でまっすぐ俺を見つめる。苦笑した。

「馬鹿だなあ、お前」

香澄はわざと嘲《あざけ》りを含ませた俺の言葉に動じなかった。にっこりと笑う。

「馬鹿じゃ駄目なの？　少なくとも私は弱虫じゃない。やれることはやった。それでいいの」

俺は煙を吐きだした。

弱虫か。苛立ちがかすかに込みあげる。

けれど、黙っているうちに、規則正しい雨の音が胸のささくれをなだらかにしていった。

確かに、俺は女に自分の自信のなさや臆病さを見抜かれるのを恐れていた。若い頃の俺は自尊心だけが高く、性根は弱虫だったかもしれない。今はどうだろう。覆い隠すのがうまくなっただけで何も変わってない気もする。

ポケットの中で携帯が震えた。でも、でる気になれなかった。この雨だ、どうせ中止だろう。終業時間もとうに過ぎている。

「なあ」と、ゆっくり香澄を見た。それから、片手を広げて古傷を探した。俺が砕いた破片の跡。

「珍しくくだらない話をしてやるよ。俺はな、その女が大嫌いだったんだ。憎んでいたと言ってもいい。人をあんなにも傷つけてやりたいって思ったことはなかった」

そう、そして自分に生じた気持ちに混乱したのだ。花狂いとでも言うのだろうか。よく意味は知らないが、そんな言葉がぴったり当てはまる気がした。

あれ以来、女から連絡が来ることはなかった。マンションのカーテンはいつも閉じていた。それを見る度、身体が軋むような気がした。

ある夜、仕事帰りに女のマンションの裏手の土手を通った。並木の桜が満開だった。街灯もないのに桜たちのせいで道は仄《ほの》かに光っていて、胸がざわざわした。花がかすかな風で揺れる度、頭の片隅を女の薄笑いがちらちらとよぎった。ひらりと首筋に落ちてきた花びらの冷たさに背筋がぞくりとした。

女の部屋からはぼんやりとしたオレンジ色の光が洩れていた。ふいに部屋の中で人影が揺れた気がした。

桜も女も俺の手の届かないところで嫣然《えんぜん》と笑っている。遠巻きに部屋を眺めるだけしかできない惨めな俺を尻目に見ながら。

あの女にからかわれたと思った。あいつは暇つぶしに俺の反応を愉《たの》しんでいたのだ。面倒になる前にさっさと手を切って、もう違う男と遊んでいるのだろうか。あの切長の目に、さぞ俺は滑稽《こっけい》に映ったことだろう。どうせ今も俺が何もできないとたかをくくっているのだろう。

視界が狭くなったような気がした。怒りなのだと気付いた時には拳大の石を掴んで、腕を思い切り振り回していた。満開の桜となまぬるい春の夜闇が現実味をなくさせていた。ふわふわと幸福そうに揺れる桜も、ぼんやりとした部屋の灯りも、何もかも粉々になればいい、と思った。

硝子の割れる尖った音が響いて、俺は我に返った。

女の部屋の周りの窓が次々に開く。俺は慌てて土手を滑り下りて逃げようとした。その時、電話が鳴った。着信音を消そうとする一心で慌ててでる。

「そこにいるの？」

女の声だった。凍りついた。顔をあげると女の部屋のカーテンがあいて、人影がこちらを見ていた。

「来たら？」

温度のない声だと思った。けれど、冷たく笑っているような気がした。窓を割ったことを知りながら責めもせず、俺の幼稚な激情を見抜いて嘲笑っている。黙っていたら、電話は切れた。

地面に散った花びらを踏み潰しながら、マンションに向かってまっすぐ歩いた。足の下の花は薄く、夢のように手ごたえがなかった。

女の部屋のインターホンを押すと、オートロックを解除する無機質な音だけが響いた。階段を上り、長い廊下を進むと、女の部屋の前に立った。ノブを回すと、抵抗なく開いた。

部屋の中は暗かった。奥の部屋から仄かな青白い光が洩れている。進んでいくうちに月の光だとわかった。風がカーテンを揺らして、大きなひびの入った硝子戸を露わにした。ソファとローテーブル、部屋の隅には観葉植物の鉢が置かれていた。

女は硝子の破片の中に立っていた。

顔をあげた時、女のスリッパの下で破片が小さな硬い音をたてた。悲鳴のようなその音は胸に刺さった。そして、その傷口から熱い血がどくどくと溢《あふ》れだすように歯止めの利かない衝動が湧きあがった。ぞくりと背筋に鳥肌がたった。

女の腕を摑んでいた。

細い身体を壁に押しつけて、後ろからスカートの中に手を突っ込んだ。顔を見まいとしたのかもしれない。自分の身体が熱すぎるせいか、女の身体からは温度を感じなかった。少しでもあたたかみを感じたくて、女の身体の中をまさぐった。壊してやりたいという凶暴な欲望がどんどん加速していくのを止められなかった。女はまったく抗《あらが》わなかった。

女の首筋に歯をたてて、胸を摑みながら腰を動かした。女の声を聞きたくて、乱暴に突きあげた。女が喉《のど》の奥で小さく呻いた途端、呑み込まれるような快感が襲った。俺は慌てて身体を離した。思わず声がもれた。

俺は自分の精液が床に向かってゆっくりと放たれていくのを見た。きらきらと光る硝子に白い液体が零れた。

その瞬間、尖った冷たさが伝わった気がして俺はぶるっと身を震わせた。身体からごっそりと力が抜けて、へたり込んだ。床についた手にちりりとした痛みが走る。

ふっと白いものが目の前を飛んだ。カーテンが大きくひるがえる。俺と女の間に桜が舞っていた。俺の体液と砕けた硝子の上にはらはらと散っていく。まるで、歪んだ熱を浄化するように。

掌で痛みがどくりと脈打った。血がぬるぬると流れていく感触がある。けれど、俺は女から目を逸らせなかった。

女は壁にもたれながら俺を見ていた。乱れた服を直そうともせず、やはり薄く笑いながら。そして、なめらかに唇をひらいた。

「あなた、きっとわたしを忘れられなくなるわよ」

女はふっと顔を傾けて、割れた硝子戸越しに満開の桜を見た。白く凛《りん》とした横顔だった。

桜は闇の中、咲きほこっていた。花びらの一枚たりとも闇に染まってはいなかった。それどころか、白い輪郭は闇を一層濃くしていた。女の足元では硝子の破片がちかちかと瞬いていた。

暗闇に座り込んだまま、その情景を見つめた。全てが現実味を欠くように美しく、そしてひどく冷たかった。


「その時、きっと呪いをかけられたんだ。だから、桜は嫌いなんだ。特に夜桜は。怖いと言ってもいいな」

「その人とは？」

「俺は自分のしてしまったことが怖くなって逃げ帰った。それからしばらくそのマンションには行かなかった。半年ほどして行くと、もう違う人が住んでいた。それきりさ。謝ることもできない。何も伝えられない。大体、あの時になんらかの気持ちがあったとしても、俺のしたことは許されることじゃない。お前を殴った彼氏だって同じだ、好きだからとかで許されるものじゃない」

香澄は首を横に振った。手を伸ばして指先に透明な雨粒をのせる。

「違うよ。好きだったと思うのは自分のためなんだよ」

「俺のため？」

「そう。やり方は間違ったかもしれない。傷つけ合ってしまったかもしれない。けど、どんな想いにしろ、その時の正直な気持ちを認めてあげなきゃきっと進めないんだよ。今はもう憎くないでしょう？　今ならきちんとその時の気持ちに向き合えるんじゃない？」

俺はしばらく考えた。そうだ、もう憎しみはない。ただ、忘れられないだけだ。苦いものがいつまでも残っているだけだ。

本当はあの時どうしたら良かったのだろう。変な意地を張らずに、笑われたって取り合ってもらえなくたっていいから一度でも気持ちを伝えれば良かったんだろうか。

好きだったわけじゃない。憎かったわけでもない。あの時、傷つけたい衝動は確かにあったけれど、それだけじゃない。それだけなんかじゃなかった。

俺はただ、女が気になった、はじめて見た時から。もっと知りたかった。そして、そんな俺を笑わないで欲しかった。

素直にそう言えていたなら、忘れられたのだろうか。

「……あいつはもう忘れただろうか」

声がぽつりと零れていた。香澄が俺を見つめる気配がした。

「あのね、思ったんだけど、その人はきっと自分のことを忘れてもらいたくなかったんじゃないかな」

思わず顔を見ると、香澄はにっこりと笑った。

「あなたを部屋に呼んだのは一緒に桜を見たかったからじゃない?」

「まさか」

楽天的すぎる意見に苦笑がもれる。けれど、唐突に宿った希望を全否定することはできなかった。そう、俺は願っていた。忘れて欲しくないと思ってくれていたなら良かった、と。

想像してみる。

昼も夜も閉め切られた深海のような殺風景な部屋。女が独りで守り続ける秘密。破られる静寂。透明な硝子が散って、白い花びらが舞い込んでくる。一人で見るには寂しく冷たい満開の桜。足元で光る硝子の破片。女は何を思っただろう。

「人がね、お花見するのはね、桜を毎年見たいと願うのはね、その美しさを共有できる人がいるって思いたいからだよ。誰かと作った思い出を、繰り返す四季に刻みたいんだよ。桜は毎年咲くから。春になれば嫌でも思いだすでしょう。そしたら、独りじゃないって思える。私はそう思うよ。その人は幸せだったんじゃないかな。うちのお母さんがいつも言ってた。桜は夜見るのが一番だって。花びらだけが浮かんで、ごつごつした幹や虫とか余計なものは闇に溶けるから、一番きれいなものだけを見れるって。その人は自分の抱えているややこしいことを除いた、生身の自分そのものを誰かに覚えていてもらいたかったのかもしれないよ」

のろのろとした口調で一人前なことを言う。まったく女って生きものはあなどれない。頼りなく見えてもしんと光る信念を持っている。

桜が雨の向こうに浮かんでいる。辺りはもうすっかり暗くなっている。

ほんの少し見方を変えるだけで、世界は違った顔を現す。降りしきるこの鬱陶しい雨が心を落ち着かせるリズムに変わるように。

仄かな桜の光を見つめる。

今まで冷たい白色だとしか思えなかった桜を香澄は薄ピンクだと言った。幸せそうな色だと。花の色に心のしこりはいつか溶けていくのだろうか。いつか、あの女の薄笑いも寂しげな笑顔だったのだと思えるようになるのだろうか。あと何回か春を重ねれば。

「ああ、冷えてきたな。さて、帰るか」

立ちあがって香澄を見下ろす。さっきは自信ありげに喋っていたのに、すがりつくような目で見上げてくる。捨てられた子犬のようだ。

「お前、えーと、香澄だっけ。今晩、泊まるあてはあるのか？」

香澄は俯きながら首を横に振る。

「今晩だけなら、うち来てもいいぞ。汚いけど、空いてる部屋はあることはある」

そう言うと、「本当？」と飛びつかんばかりの勢いで立ちあがった。桜のご縁か、あるのかもしれないな。香澄の笑顔を見ながら思った。

「仕方ないからおんぶしてやるよ」

しゃがんで、背中を向けた。

反応がない。躊躇《ちゅうちょ》しているようだ。俺だって恥ずかしい。

「ほれ、さっさと来い。車汚されんの嫌なんだよ」

乱暴に言うと、肩に手がおずおずと触れた。すっかり冷えきっていたが柔らかかった。人の手を柔らかく感じたのは何年ぶりだろう。

「取りあえず、明日あさいちで靴買いに行かないとな」

背中の重みを確認するように軽く揺すりながら立ちあがる。
香澄のフードに入っていた桜の花がはらはらと落ちていった。
まるで乾いた傷が剝離するように。

初花

いくつの時だったかは忘れた。お父さんがいた頃だ。

日差しは春なのに、とても寒い日だった。お父さんの膝に乗って窓の外を眺めていた。お父さんはテレビを見ていて、お母さんは台所でまな板をとんとん鳴らしていた。

家の中はあたたかかった。

窓の外を白いものが横切った。ちら、ちら、といくつも飛んでいく。

「あ、雪」

あたしが叫ぶと、お母さんはふり返らず言った。

「まさか。もう三月よ、早咲きの桜でしょう」

「いや」と、お父さんがあたしの頭に顎を乗せた。

「違うよ」

そうつぶやくと、あたしの手をひいてベランダに出た。

本当に雪だった。風が強くて、雪は地面に落ちないでふわふわと舞っていた。空は真っ青に晴れていた。どこから降っているのだろうと思って空をぐるっと見まわしたけれど、雲ひとつ見つからなかった。

　ベランダからは駐車場の横の桜も見えた。雪は桜の木のまわりでも舞っていた。あんまりきれいで、ぐらりと世界がゆれたような気がして、お父さんの腰にしがみついた。

「雪は桜そっくりだったんだな、気付かなかったよ。天気雪かあ」と、お父さんは目を細めた。

　それから、あたしは白い桜のことを「ゆきはな」と呼ぶようになった。

　お父さんが出ていってからは、呼ばない。心の中だけで呼ぶ。本当のところ、あたしが「ゆきはな」と呼ぶ桜はあまりない。学校のまわりも、登下校する道の近くの土手も、薄ピンクの桜ばかりだから。春から行く中学校には白い桜はあるのだろうかと考える。

　あたしは白が好き。

　お父さんと一緒に見た駐車場の桜は白くてきれいだった。白い桜の木に生えた明るい黄緑の葉は柔らかくていいにおいがした。

　白は清潔で、幸せそうに見える。テレビのコマーシャルでも幸せそうな家族は白っぽい服を着ている。なのに、ママはあたしにピンクや赤ばかり着せる。

二人きりになってから、ママはあたしに自分のことをママと呼ばせるようになった。あたしは本当はママという呼び方は好きじゃない。だから、心の中では違う風に呼んだ。お母さん、母親、母さん、あの人、あの女。そのうちにどれも、ぴんと来なくなった。いつしかママはママになってしまった。でも、あたしは悔しいのでどうしても必要な時以外は呼びたくはない。

あの人、と言ってしまうのが一番楽な感じはする。お父さんがいなくなってからは、時々、ものすごくあの女という臭いをまき散らす時もある。夜に出かけていく時とか、あたしをオーディションに連れていく時とか、昔の話をする時。

あの人は若い頃は舞台女優だったらしい。結婚したせいで「一生を棒にふった」そうだ。映画にもでたことがあると言うけど、見せてくれたことはない。つじつまの合わないこともよく言う。都合が悪くなると、大人になったらね、と言う。そういう時にだす嫌な空気はちょっと役者さんっぽい。友達はキレイなお母さんと言うけど、真夜中に見ると彫りが深くて魔女みたいだ。そのくせ、あたしの鼻が低いとぶつぶつ言う。その後で、「でも緋奈《ひな》ちゃんはとっても可愛いわよ」と何度も呪文を唱える。

あたしはしょっちゅうオーディションに連れていかれる。広い会場に同じ年頃の子がずらっと並んで一人ずつ前にだされて、光がばしばしあたる。意地悪そうな笑みを浮かべたおじさんたちが好きな科目とか得意なこととかを聞いてくる。にこにこ元気よくね、と言われるけど、いつも胃がきゅっとなってしまう。まぶしくて暑い会場にいるのも嫌だけど、見守るママの顔を見る方がずっと怖い。あんまり怖くて天井がゆがんで、吐き気が込みあげてくる。

あたしは学校を休んでばかりだから頭がとても悪いけど、クラスの子たちより言葉を知っていると思う。言葉の数とかじゃなくて、その意味や味を知っている。例えば、失望とか、屈辱とか、羞恥とか、後悔とか、孤独とか。だって、あたしはそれらの言葉を口に入れて、嚙《か》みしめて、涙がにじむくらいその苦みを舌に浸《し》み込ませて、やっと飲み込んできたから。そして、飲んだ後もその言葉たちによって内臓をぐちゃぐちゃにされたから。本当に、よく知っている。

ママはね、可愛いあんたをみんなに見せびらかしたいの。だから、もうちょっとがんばって、もう少し明るく元気よくしたらきっとうまくいくから。大丈夫、誰よりあんたは可愛いわ。あんたくらい睫毛《まつげ》の長い目の大きな子も、色の白い子も、この会場にはいないわ。あんたくらい女の子らしい色が似合うお人形さんみたいな子はいないわ。真っ赤なお花みたいに可愛いわ。ねえ、自信を持ってがんばるのよ。

クローゼットには赤やピンクの服しかない。レースや段のいっぱいついたスカートやワンピースばっかり。夏は暑くて窮屈《きゅうくつ》だ。ちょっとでも服を汚すと叱られる。粉っぽい臭いの化粧もさせられる。足に傷でも作ろうものなら、一ヶ月は遊びに行かせてもらえない。

でも、あの人は何か間違っている。確かに、お人形みたいなかっこうはあたしによく似合ったけれど、選ばれるのはもっと手足が伸び伸びとした元気そうな子だった。ごてごてと着飾ったあたしはなんだかダサかった。一度、ささやき声を聞いた。

「あの子、綺麗なんだけど、なんだかグロテスクなのよね」

グロテスク。赤くてぶよぶよしていて吐き気がしてくる感じがする。よく意味はわからないけど、嫌な空気は伝わってくる。あの人に似合う言葉。

そして、あたしもグロテスクなのか。

そう思うと、息苦しくなった。ハサミで何もかも切り刻みたくなった。

その言葉はべったりとあたしの耳にこびりついて、笑う度、ポーズをとる度、体に絡みついてきてうまく動けなくさせた。

半年ほど前、あたしは会場のトイレで吐いてしまった。朝からお腹が痛かったのに、あの人は大丈夫とか言って無理やりあたしをオーディション会場へ連れていった。自分のお腹じゃないくせにどうしてわかるんだろう。案の定、あたしは動けなくなった。

あたしは冷たいトイレの床に座り込んで泣いた。あの人の針みたいに細いヒールをにらみつけながら、もう立つものかという気持ちを込めて、わざと大きな声で泣いてやった。

それからは、オーディションには行っていない。しつこいママのことだ。また、いつかはじまるとは思うけれど。


学校から帰ってくると、台所のテーブルの上に置き手紙があった。レンジでミルクをあたためて、お皿の上に並べられたクッキーをかじりながら読む。注文しておいた花束を取ってきて、と書いてある。またか、と大きなため息がでた。

膝にこぼれたクッキーのくずを払って立ちあがる。さっさと終わらせておこう。床に脱ぎ落としたコートを拾いかけて、歯磨きをしていなかったことに気がついた。歯磨きを忘れるとものすごく怒られる。あたしは戸棚の中をのぞいた。まだクッキーの箱が残っている。帰ってきてからもう少しだけ食べて、それから歯を磨こう。最近、あたしはとてもお腹がへる。

あたしはピンクのコートを着ると玄関に向かった。襟《えり》についたファーが首をくすぐる。かさかさと寒い空気の中、近所の花屋さんに向かった。

オーディションに行かなくなってから、ママは作戦を変えた。あたしを連れて出かけるようになった。ピアノの先生の演奏会とか、昔の演劇仲間のパーティとか、知り合いの写真展とか。そこであたしに花束を持たせていろんな人に紹介する。みんな「可愛い子」と言って頭を撫でてくれるけど、あたしはあの人の言う通りに笑顔を作るのに必死で誰の顔も覚えられない。大人が喜ぶようなことも言えない。それでも、オーディションよりはましだった。あの人はあたしが褒《ほ》められる度、真っ赤な唇で笑った。

近所の花屋さんは絵本にでてきそうな可愛いお店だ。白い壁に蔦《つた》が絡まって、屋根はブルー。雑誌に載ったことがあるらしくて、いつも女の人たちがのぞいている。あたしはもうお店の人に顔を覚えられてしまっている。

ガラス戸をひらくと珍しくお客さんが一人もいなかった。奥の方に店員さんがしゃがんでいるのが見える。まだ、あたしに気がついていない。

ゆっくりとお店の中を見回しながら歩いた。

入ってすぐの場所には大きな鉢植えが並んでいる。怪獣みたいなとげとげした植物がいっぱいだ。どれも濃い緑色をしている。ここらへんはあたたかい。けれど、奥に行くと冷たくて湿った空気が流れだしてくる。緑がいっぱいだと空気がミントみたいにすうすうする。やっぱり歯を磨いてくれば良かったと思った。

花束用のお花は大きなガラス張りのケースに入っている。薄くくもったガラスケースの中の花を眺めた。オレンジ、ピンク、薄紫、赤に黄色。そして、白。白いカスミ草を見つめた。「地味でいかにも脇役って感じの花」と、あの人が嫌うカスミ草。でも、ケースの中ではどの花もつぼみを閉じてひっそりしていた。

「眠っているのよ」

驚いてふり返った。足音がしなかった。

紺色のエプロンを巻いた髪の短い女の人が立っていた。とてもすらりとしている。はじめて見る店員さんだった。あたしを見てそっと目を細めて笑う。ふと、お父さんを思いだした。笑い方が似ているのかもしれない。

「花束にするまで咲いちゃわないように、冷たくして眠らせているの」

あたしは下を向いた。自分の赤いリボンのついたエナメルの靴が目に入った。

「緋奈ちゃん、だよね？　庄司《しょうじ》さんのとこの。お花取りに来たんでしょう？」

あたしがうなずくと、お姉さんはカウンターをまわって後ろのガラスケースからオレンジ色の花束を取りだした。太陽みたいな花がもりもりと咲いている。白いカスミ草がそのまわりを遠慮がちに囲んでいた。

「ありがとう」と、小さく言って受け取る。お姉さんの指は細くて冷たかった。

「お人形みたいに可愛い子が取りに来るって聞いていたけど、本当ね」

お姉さんがあたしを見て笑った。あたしは落ち着かない気分になって、花束を胸の前で握りしめた。黙って背を向けると、出口にいそいだ。

「まって」と、お姉さんが声をあげた。軽い足音が追いかけてくる。ガラス戸に手をかけたあたしの前にピンクのバラが差しだされた。

「これね、もうひらいちゃったから売れないの。あげる。よく似合うから」

オレンジっぽいピンクだった。あたしのコートみたいに子どもっぽくない落ち着いた色。バラの茎《くき》はお姉さんの手みたいに冷たかった。ふわりと石鹼のようなにおいがした。

あたしは頭だけ下げると、早足で家に向かった。花束を抱きしめて、灰色のコンクリートを見つめながら歩いた。

バラを渡してくれる時に見えたお姉さんの白い首と胸が、頭の中でちらちらとゆれていた。

「新しい店員さんがいた」

あたしの髪を巻くママを鏡越しに見る。ママは真剣な顔してあたしの髪にこてをあてている。じゅっと小さな音がする度に首の後ろがぞくっとする。

「動かないで」

肩を撫でられる。それから、ママは少し眉をひそめた。

「どこの店に？　男の人？　話しかけられたの？」

学校以外で男の人と話したら報告しなさいと言われている。あたしは首をふった。

「動かないで」

今度は早口で言われた。

「女の人。花屋さんの」

「ああ」と、ママが高い声をだした。

「あの髪の短い男の子みたいな子ね。二週間くらい前に入ったみたいよ。ああ見えて、けっこう年いってるみたいよ。ちょっと変わった子なのよね。恋人もいないみたいだし誰か紹介してあげようかって言ったら、そういうの興味ないんですって」

あたしは鏡に映ったママの笑い顔をにらんだ。ママは噂話をする時だけ生き生きとする。歯ぐきを見せてべたべた笑う。そんな顔のママに触ってもらいたくない。それに、お姉さんは男の子みたいではない。

「はい、できた」

ママが肩を抱きながら頬を寄せてくる。赤い爪がパフスリーブのブラウスに食い込む。鏡にはそっくりのあたしたちが映っている。くるくると巻かれた髪、濃くした睫毛、カットした眉。あぶらぎった赤い口でママが笑う。グロテスク。その言葉が甘い香水と共に絡みついてきて体が重たくなる。

あたしも大きくなったらママみたいになるのだろうか。お父さん以外の男の人と仲良くするような、いつも体をくねくねさせてべたべた笑っているような女の人に。そのくせ、ママはあたしが男の子に近付くのを許さない。去年、裕子《ゆうこ》ちゃんとバレンタインデーのチョコを作っていたら、後で取りあげられた。「友チョコだよ、みんなであげっこするんだよ」と言っても、聞いてもらえなかった。おかげであたしは仲間外れだ。

ママはあたしを私立の女子中学にいかせたかったみたいだ。けれど、あたしはそんなに成績も良くないし、うちにはお金もないから無理だった。だから、ママはひどく警戒している。

あたしはママが何を怖がっているか知っている。でも、気付かないふりをする。

そして、いつかべたべた絡みつくママの手から逃げるつもりだ。お父さんとまた「ゆきはな」を見るのだ。毎年、春が近付く度に思う。でも、どんどんママに似てくる自分を見ると、体がだるくなって心がしおしおとなってしまう。

「さあ、行きましょう」

ママがうきうきとした声で言う。

「いい？　ママが紹介するからにっこり笑って花束を渡すのよ。その人、絵描きさんなのよ。大丈夫、緋奈ちゃんはとっても可愛いから自信を持って。うまくすれば、モデルにしてもらえるかもしれないわ」

あたしは手を伸ばしてソファの花束を掴んだ。黄色とオレンジの花は夕方よりずっとひらいていた。ママのようにうきうきして見える。あたしはわざと乱暴に花束をひきずった。

その時、花束からきらきらしたものが絨毯《じゅうたん》の上に落ちて転がった。

拾いあげてみると、小さな真珠のピアスだった。少しいびつな真珠は白く静かに光っていた。お姉さんの白い首筋を思いだした。

ママが玄関から甲高い声で呼んだ。あたしはピアスをハンカチに包むとポケットにしまった。

次の日、学校から帰る途中で花屋さんに寄った。

花屋さんの横には大きなガレージがある。壁についた棚にはいろいろな道具や液体の入った瓶《びん》などが並べてあり、床には土や砂や肥料の入った袋が置いてある。ガレージの奥でお姉さんの短い髪が動くのが見えた。大きめの植木鉢やプランターにホースで水をかけて洗っているようだった。

あたしはガレージにいつも停めてある軽トラックの横をすりぬけて近付いた。

お姉さんはあたしに気付くと水を止めた。首に茶色いマフラーをぐるぐる巻きつけている。赤くなった鼻をこすりながら、あたしを見て少し目を細めた。ガレージの中は冷え冷えとしていた。

「今日は赤いコートね。赤いランドセルだし、赤ずきんちゃんみたいね」

あたしは黙ったまま手袋をぬいで、ポケットからハンカチを取りだした。手のひらに真珠のピアスをのせて、「はい」と差しだす。

お姉さんは一瞬ぽかんとして、「ああ!」と叫んでしゃがみ込んだ。

「ありがとう!　探していたの。良かった、どこにあったの?」

「花束の中に」と、あたしは小さな声で言った。

「そっか、本当にありがとう。わざわざ持ってきてくれて」

お姉さんは軍手を外してピアスをつけた。白いきれいな耳たぶだった。

「でも、どうして私のだってわかったの？　お店の人に聞いたの？」

あたしは首をふった。

「なんとなく」

白が似合うから。そう思ったけど、言わなかった。代わりに、「昨日はバラをありがとうございました」と頭を下げた。

「でも」と、お姉さんは立ちあがりながら言った。ジーンズのすらりとした脚が伸びる。

「あんまりバラは好きそうじゃなかったね」

ぎくりとした。お姉さんは気にしないでというように笑った。じっとあたしの目をのぞき込みながら、首を傾けてゆっくりと笑う。やっぱりお父さんと同じ仕草だった。

「あたし桜が好きなの」

つい、つぶやいていた。お姉さんの目が一瞬くもった。瞬きする間に消えてしまうほど一瞬。

「桜ね。桜は温室で育てられないから、いつでもあるわけじゃないのよ。でも、もうすぐ時季だから入ってきたらあげるね」

明るくそう言うと、ホースを摑んで「ああ、でも」とつけ足した。

「桜だったら道端に咲いているのを見る方がいいよね。この街はたくさん桜が咲くから」

あたしは首をふった。

「ここに見に来る」

そう言って、軽トラックの脇をすりぬけた。「またね」と言う声が水の音と共に聞こえた。


ママは夜のお仕事に行かない日はあたしとお風呂に入る。

うちのお風呂は安っぽい銀色をした四角いお風呂だ。窓がない上に、二人で入るには狭いから、息苦しい。

あたしはお風呂が好きじゃないから、晩ご飯がすむとテレビの前で寝たふりをする。すると、腕をひっぱられて起こされる。

女の子なんだから、毎日お風呂に入りなさい、ほらぐずぐずしないでいらっしゃい。

あの金切声と垂れ下がった白い肉が嫌い。あの人の体はどこもかしこもぶよぶよと柔らかい。泡にまみれた赤い爪が伸びてきて、あたしの体を点検する。見る、ではなく点検。オーライ、オーライとか叫んでいる作業服を着た人たちと変わらない目。ママが夜のお店に出ていて家にいないと、とても息がしやすい。あの目が届かないから。あたしを監視するあの目が。

ママの帰りが遅い日はたまに花屋さんに行くようになった。お店が閉まってからも、お姉さんたちは遅くまで仕事をしていた。特に髪の短いお姉さんはよく遅くまで残って病気になった植物の面倒をみたり、植替えをしたり、分厚い図鑑をひらいて勉強したりしていた。あたしがガラス戸をのぞくと、奥から走りでてきて中に入れてくれる。そして、ココアを作ってくれたり、お菓子をだしてくれたりする。いつもストーブの上の茶色いやかんから白い湯気がしゅんしゅんとでていて、それを見るとほっとした。

「桜はまだよ」

お姉さんはあたしの顔を見るといつもそう言った。

ある日、お姉さんがあたしに聞いた。

「どうして桜が好きなの?」

その日、お姉さんは具合が悪そうだった。いつもよりずっと白い顔をして、腰を叩いたり、湯たんぽをお腹にあてたりしていた。帰ろうかなと思ったのだが、お姉さんが抹茶オレを作ってくれたので帰りにくくなってしまった。

「なんとなく」

あたしはあたたかいマグカップを抱えながら答えた。お父さんのことを人に話したことはなかった。苗字《みょうじ》が変わった時も近所の人に聞かれたりクラスの男子にからかわれたりしたけれど、知らん顔をしていた。お姉さんは眉間に手をあてて目をつぶった。

「しんどいの？」

「うん、ちょっとね、お腹が痛いの。よくあることだから大丈夫」

お姉さんは少しだけ笑った。唇が紫色だった。あたしは背筋を伸ばして言った。

「お姉さんは桜みたいだよ」

元気づけるつもりだった。なのに、お姉さんは少し黙って、「桜ね」と顔の半分だけで笑った。ママが時々見せる胸にひっかかる笑いにそっくりだった。女の人はどうしてこういう笑い方をするのだろう。

「ソメイヨシノって知っている？　日本で一番多く栽培されているとても人気のある薄ピンクの桜。学校とか公園とか並木道にあるのは、ほとんどソメイヨシノなんだけどね。確かに、とても美しい花よ。でもね、実はあれ、みんなクローンなの。クローンってわかる？」

あたしはうなずいた。映画で聞いたことがある。けれど、植物と結びつきにくい言葉のような気がした。

「ソメイヨシノは人の手によって作られた桜なの。そのせいか自分の子どもを自分で作れない。自家不和合性って言うんだけどね。その代わりに、挿し木とかで増やすの。だから、みんな同じ一本から増えた同じ木なんだよ」

お姉さんは自分のマグカップを持ちあげた。両手で抱えて、飲まずに唇にあてたまま話す。

「私、それを知った時、気持ち悪いなあって思ってしまった。だって、あんなにたくさん咲いて春の景色を埋めつくすものがみんな同じ個体だなんて。そっくり同じ人間がいっぱいいたらぞっとしない？　木だからみんな気がつかないんだよ。それってなんだか、禍々しい」

どこを見ているかわからない目をしていた。

「まがまがしい？」

あたしがつぶやくと、はっと顔をあげた。

「ええと、気持ち悪いのもっとどろどろした感じかな。すごく不自然でぞっとする、みたいな」

あたしはグロテスクという言葉を思いだした。うつむくと抹茶オレの淡い緑が目に入った。急に口の中がねばねばしてきて食欲がなくなる。

「ごめんね、なんだか変な話しちゃって」

お姉さんがあたしの顔をのぞき込んだ。その白い顔を見ているとと胸がきゅうっとした。お姉さんは桜が嫌いなのだ。あたしは無理やり抹茶オレを飲み干すと、丸い椅子から飛び降りた。

「ごちそうさまでした」

マグカップを返すと、お姉さんの顔を見ないで外に出た。いつもは明るい声をかけてくれるのに、後ろからは植物のひんやりした空気しか感じられなかった。

外はすっかり紺色だった。あたしは手袋もせずに家に走った。

アパートの前でぎくりと足が止まった。家の窓から灯りがもれていた。そっとドアノブを回すと、ドアはきしんだ音をたててひらいた。そうっと爪先立って中に入る。

ママはソファでのびていた。でも、目が血走っている。黙ったまま手招きしている。おそるおそる近付くと、赤い爪が伸びてきて顎を掴まれた。

「口のまわりのこの緑色のものは何？　みっともない」

もったりしたお酒の臭いがぷんとした。爪が頬っぺたに食い込んでうまく喋れない。

ママはティッシュでごしごしとあたしの口のまわりを拭いた。

「どこに行っていたのよ、こんな遅くに。暗くなってから外に出ちゃ駄目って何度も言っているでしょう」

あたしはなんとかママの手をふり払うと小さな声で言った。

「裕子ちゃんの家……緑のは、抹茶オレを飲んだから……」

「本当に？」

下を見ていてもママがどんな顔をしているのかわかる。とげとげしい声だった。

「本当」

「じゃあ、裕子ちゃんちに電話してもいいのね？」

「でも家族で出かけるって言っていた」

あたしは慌てて顔をあげた。ママの目はぎらぎらしていた。化粧がいつもより濃く見える。本物の魔女みたいだった。まわりの空気にもどろどろしたものが満ちていた。お姉さんの言った「禍々しい」という言葉を思いだす。

「嘘は許さないわよ」

「嘘じゃない」

「みんな嘘つきばかりなんだから。緋奈ちゃんだけはママに嘘つかないでちょうだい」

「ついてないって」

「そうだといいけど。あの男に似ないでね、あの男も結局、嘘ばっかりだったんだから。本当に口先だけで、何の頼りにもならなかったわ。緋奈ちゃんはママに似てちょうだいね」

溶けるような口調でママが喋る。こうなるとママはずっと同じことをくり返しはじめる。お父さんの悪口は聞きたくなかった。あたしは「もう寝る」とつぶやいた。

「お風呂は？」

「お腹が痛いの！」

走って布団にもぐりこんだ。ママはまだ何か言っている。でも、ソファからは立ちあがれないようだ。あたしは耳を塞《ふさ》ぐと、ぎゅっと目を閉じた。

次の日、朝から体が重かった。体というか、お腹の下のほうに石が詰まっているみたいにどんよりしていた。最近はよく食べていたはずなのに、給食のご飯のにおいを嗅いだだけで吐き気がした。そして、お昼をすぎても眠かった。

授業が終わって掃除をしていたら、パンツの中でぬるっとした感じがした。なまあたたかい。ほうきをしまって、トイレに走る。

そうっとパンツを下ろすと、真ん中に赤黒い染みができていた。心臓がばくばくんと大きな音をたてた。口から飛びでてしまいそうだ。あたしは口を押さえてしゃがみこんだ。

生理のことは知っていた。クラスにはもうきている子もいた。ずっと前に保健の授業で「初経と精通」という時間があって、あたしはちょうどその日は大型スーパーのチラシの撮影で学校を休んでいた。次の日、めったに話さない女の子たちまでがもったいぶって授業の内容を教えてくれた。「ランドセルにナプキン入れておかないといけないのよ」と、自慢げに言っていた。あたしが何か聞き返す度にキャーキャーとすごい騒ぎだった。みんな嫌がりながらも興味津々。ばからしかった。子作り用に体が変わるだけじゃない。そんなもの、ずっと前から知っている。

ママはあたしが生理になるのを恐れていた。あたしが大きくなって自分に似てきたら、男の人と逃げだしてしまうと思っている。本当はあたしを愛しているんじゃない、一人になるのが怖いだけ。だから、いつもあたしの様子を点検している。ばからしい、ばからしい。あたしは何にも変わらない。変わりたくない。叫んでみたい。猫撫で声をだすあの人に、大騒ぎする女子どもに叫んでやりたい。セックスでしょう、セックス。あなたたちが怖くて口にもだせないくせに、いつも気にしているのはセックスでしょう。愛とか言って、うっかりすると子どもができちゃう間抜けなセックス。あたしはそんなもの怖くない。何にも縛られない。愛なんて欲しくない、何も欲しくない、このままでいいの。かまわないで。

あたしが怖いのはたったひとつだ。

ナプキンを持ってなかったからトイレットペーパーをたたんで下着に挟んだ。トイレットペーパーはかたくて、パンツがぶかっこうに膨らんで歩く度にガサガサいった。教室にも柔らかいティッシュはない。こすれると痛いのでそろそろ歩いて下校しているうちに、喉が詰まるような気分になってきた。みじめだった。みじめという言葉をあたしは知っている。オーディションに落ちて早足で歩くママの後ろを必死で追いかけている時の気分だ。

でも、今の方がずっとみじめだった。同じ気持ちにも深さがある。そう思った瞬間、涙がでそうになった。

道を曲がった。花屋さんの方にあたしの足は向かっていた。

ガラス戸を開けると、お姉さんはお客さんと話していた。スーツ姿の男の人だった。あわてて目をそらす。お姉さんの笑い声が耳にひっかかった。

入ってすぐのところの南国の大きな植物たちを眺めた。深い赤色のバナナの花が垂れ下がっていた。南国の植物たちってゲームにでてきたら敵にしか見えないだろうなといつも思う。

その時、ストレリチアが咲いているのに気がついた。お姉さんが「極楽鳥花とも言うのよ、すごい花が咲くわよ」と言っていた植物。あたしは鉢に近付いて、背伸びをして花を見た。

横を向いた大きなピンクのさやみたいなものから、にょっきりと鮮やかな黄色の花びらが飛びでていた。ピンクや紫の花びらもある。花びらといっても柔らかい感じではなく、プラスチックでできているみたいだった。透明の蜜《みつ》のようなものがさやの裂け目から滴っていた。エイリアンみたいだった。

ストレリチアを見ていると、あの人の派手な服と化粧を思いだした。甘ったるい臭いとべたべたする笑い。そして、ぶよぶよとした体も。

あたしもああなってしまうのか。生理になったら女性らしい体型に変化します、と教科書に書いてあった。変化。お腹の下の方が熱をもってどんよりと重かった。あたし自身がママそっくりに変化してしまったら、もうママから逃げても無駄になってしまう。

嫌だ。お父さんやお姉さんみたいに清潔そうなすっきりした体でいたい。グロテスクな花は嫌なの。赤やピンクも嫌い。女らしい色なんていらない。あたしは白い桜が欲しい。

あたしはお店から走り出た。

外はひんやりと冷たかった。暗いガレージの奥にしゃがみこんだ。土と苔のにおいがして、足元のコンクリートからは冷たい空気がたちのぼっていた。冷やして、あたしを冷やして元に戻して。あたしは腕に頭を突っ込んで祈った。神様なんていないって知っている。それでも、祈った。他にどうすればいいのかなんてわからないから。しばらくたった頃、あたしの肩に冷たい手が置かれた。お姉さんだった。

「どうしたの？」

心配そうに笑っている。灰色がかった木の枝を抱えていた。枝にはぽつぽつと薄ピンクの花が咲いている。

「今日入ってきたの。ここら辺ではきっと初咲きよ。昨夜は変なこと言ってごめんね。これ、緋奈ちゃんにあげるね」

「違う」

あたしは首をふった。勢いよくふった。

「この桜じゃないの。ピンクのやつじゃない。あたしが好きなのは白い桜なの。お父さんが好きな白い桜。お姉さんみたいな白い桜。でも、あたしはもう駄目なの、生理になっちゃったから、もうあたしは汚いの。グロテスクなの」

大きな声をだした途端、涙がこぼれた。

お姉さんは驚いた顔をしていた。それから、「寒いから中に入ろう」と優しい声で言った。あたしは肩を縮めて首をふった。

「ちょっと待っててね」とお姉さんは走ってガレージを出て、図鑑と膝かけを持ってすぐに戻ってきた。鍵束を鳴らして軽トラックのドアを開ける。

「ここならいいでしょう、おいで」

あたしは涙を拭いてのろのろと立ちあがり、トラックの助手席に座った。中は金属のにおいがした。お姉さんが膝かけをかけてくれる。自分の膝の上に図鑑をのせてゆっくりとめくっていく。

桜のページをひらいて、お姉さんは手を止めた。たくさんの桜の写真が載っていた。それでも、すぐに見つけられる。

「これ」

あたしが指さすとお姉さんは微笑んだ。

「オオシマザクラね。これは野生種よ、人の手によって作られた桜じゃない。この木を母種としてたくさんの桜が作られているわ。さっきのソメイヨシノもこの桜とエドヒガンという桜の雑種なの。桜餅《さくらもち》の葉っぱに使う桜でもあるのよ。緋奈ちゃんは桜餅好き？」

お姉さんがのぞき込んでくる。あたしがうなずくと、「私も好き」と柔らかく笑った。少しほっとした。

オオシマザクラの写真を指でなぞる。

「この桜がお姉さんみたいな桜」

「私は違うわ」

笑ったままお姉さんはきっぱりと言った。

「私はソメイヨシノと一緒よ。私、子どもが産めない体なの。だから、旦那とも別れたの」

「離婚しちゃったの？　うちの親もそうよ」

「そう。彼は子どもが欲しかったから一緒にがんばろうと言ってくれたの。今はいろいろ方法があるからって。でも、私は自然じゃないなって思った。ソメイヨシノが春を埋めつくすのを見て、禍々しいなって思ったから。自分も同じに思えた。それに、なんだか、がんばるのも怖かった。きっと、駄目だった時が怖かったんだと思う」

お姉さんはぎゅっと自分の手を握りしめていた。真っ白な手は震えていた。

「なんで」

大きな声がでていた。目を丸くしてお姉さんがあたしを見る。

「お姉さんは禍々しくないよ。お姉さんはきれいだよ。セックスなんかして子どもを作る方が汚いよ。体がぶくぶくふくらんで、赤いどろどろした血を流すなんて気持ちが悪いよ。あたし、そんな風になりたくない。お姉さんはきれい。ソメイヨシノだってきれいだよ。みんながきれいだって思うからたくさん植えられたんでしょう」

お姉さんがいきなりあたしを抱きしめた。石鹼みたいな青白いにおいがした。

「そんな風に思わないで。今は変化に気持ちがついていけてないいだけだよ。きっと、いつか緋奈ちゃんは思うから。女性に生まれて良かったたって、この変化は汚いことじゃないって。きっと大丈夫だから」

それから、ゆっくり息を吐いた。耳元で小さくつぶやく。

「でも、ありがとう」

お姉さんはしばらくあたしを抱きしめていた。時々鼻水をすする音が聞こえて、腕に力がこもった。お姉さんの冷たい体がだんだんあったまっていって、あたしは少し眠くなった。お父さんの膝の上を思いだした。大きな背中にもたれるのが好きだったことも。人に触られるとほっとする。もう怖がらなくていいんだよって言ってくれている気がして。


日が暮れてから家に帰った。

ママが食卓で頬杖をつきながらお酒を飲んでいた。どこを見ているかわからない目をして涙を流していた。きっと何か嫌なことがあったのだろう、めったに吸わない煙草を吸っている。

あたしと目が合うと顔をそむけた。遅くなった言い訳を考えている間もママは黙っていた。白い煙がそのまわりをただよっている。まるで、これ以上近付かないで、と線をひいているみたいに見えた。

あたしは黙ったまましばらくママを見つめた。

「あんた、私が嫌いなんでしょう。もう好きにしたらいいわよ。帰ってきたくないなら帰ってこなくたっていいわ」

ママは煙を吐きながら、かすれた声で言った。「あの男のところへ……」と言いかけて、お酒のグラスを口に運んだ。

あたしは椅子をひいてママの隣に座った。そろそろと手を伸ばして、背中に触れる。ラメの入ったニットは手にちくちくしたけど、あたしはお姉さんがしてくれたようにゆっくりと撫でた。

「お母さん」

マスカラが溶けて涙が黒い線になっている。口紅もはげちゃっている。

「大丈夫だよ、お母さん。あたしはどこにも行ったりしないから。泣かないで」

ママは驚いた顔であたしを見た。それから、煙草を消した。「もう、なあに」と泣き笑いであたしの頬に触れる。あたしはにっこりと笑ってみせる。

きっと、みんな不安なのだ。お姉さんも、お母さんも、そしてあたしも。不安で寂しくてひとりではいられない。あたしたちはみんな禍々しいのかもしれない。みんなきれいになりたいけど、なれないから、誰かに大丈夫って言ってもらわないと安心できない。

あたしは昨日のあたしには戻れない。白い桜みたいにはなれない。

でも、もう、悲しくはなかった。

街中が桜で薄ピンクに染まる頃、お姉さんはお店をやめた。前にいた街に戻って、入院するのだと聞いた。あたしがしばらくお店に行かなかった間にいなくなってしまった。

でも、お姉さんはあたしに地図を置いていってくれた。

新しい中学の制服を着て、休みの日にひとりで行った。バスに乗って美術館のある丘を越えて、川沿いの道を過ぎてからは歩いた。どこもかしこも桜だらけだった。大きな家の並ぶ静かな住宅街の中の、公園にあたる場所に星印がついていた。

街中よりはひんやりとした、ひと気のない公園だった。ブランコもすべり台もペンキがはげていた。

公園に入ったあたしの足元に白いものが散った。

黄緑の若葉に白い花。青い空に一本だけくっきりと立っていた。風が吹く度、音もなく白がゆれた。ほのかに桜餅のにおいがする。

「桜の花にはにおいがないと言われるけど、この種のものには咲いた直後に香るものがあるのよ。香桜とか匂桜とか呼ばれるの」

お姉さんの声が頭で響く。お父さんの「ゆきはな」という声も。あたしはベンチに座って、桜を見上げる。

「たくさん名前がつけられるね」

あたしがつぶやくと、桜はゆっくりとゆれて、きれいな白い花びらを降らした。

大丈夫だよ、お姉さん。心の中で呼びかける。もしもうまくいかなくても、いつか、あたしが大きくなったらお姉さんみたいな子を産むから。この桜みたいにきれいな子を。だから、大丈夫。

白い花びらが一枚、あたしのお腹の上にふわりとのった。

エリクシール

羨《うらや》ましい飲み方だな、と思った。

その男は声が大きくなっていくわけでもなく、マスターに愚痴を言うでもなく、八つ当たり気味にお酒を流し込むわけでもなかった。肩に力が入っていない。ゆっくりと味わいながら、けれど確かなペースでグラスをあけていく。アルコールが体の中を巡っていく音を確かめるようにカウンターに肘をもたせかける。時折、煙草に火を点けて、ふうっと煙を吐きだしては目を細めて眺める。

ぽつぽつとマスターと言葉を交わしては、目の端で笑う。よく来ているのだろう。

何度か目が合ったので、「強いんですね」とつい声をかけてしまった。

「そちらこそ、さっきからストレートでかぱかぱ飲んでいるじゃないですか」

「ああ」

わたしは笑った。

「わたし、酔えないんですよ」

男は立ちあがると、わたしの隣のスツールを引いた。パンツの上からでもわかる筋肉質な太股がスツールの上でぎゅっと盛りあがった。

「そういうことを言って、男に酔わせてみたいって思わせる手ですか？」

切れ長の目に小馬鹿にした笑いが光っていた。遠くからだと落ち着いた雰囲気に見えたので三十代半ばくらいだと思ったのに、近くで見ると男はわたしより二つ三つは若そうだった。きめの細かい小麦色の肌に、形の良い鼻が尖った影を落としている。

声をかけたことを後悔した。自信過剰で挑戦的な若い男はあまり好みではない。

急速にひいていく熱をごまかすためにグラスをあける。濃い液体が舌を灼いた後に、仄かに甘い芳香が残る。男はにやにやしながら続けた。

「酔えないのに、なんでバーになんか来ているんですか？」

面倒になってきたので投げやりな口調で答えた。

「本当は男ひっかけに来ているのよ」

男は「へえ」と笑った。

「じゃあ、あなたは何のために来ているの？」

「酔うためですよ」

「わたしだって、そう。ほら、よく言うじゃない、人は必ずや何かの中毒になる運命にあるって。だとしたら、お酒に酔えないわたしが溺《おぼ》れるのは恋愛なのよ、きっと」

男は軽く口をあけた。そういう表情をすると本当に幼く見える。それから、くしゃっと笑って言った。

「うわ、理屈っぽい。本当に酔えないんだな」

先ほどまでの人を斜めに見るような笑みではなく、腹の底から面白くて仕方ないといった笑い顔だった。つい可愛いと感じてしまってから、もてるんだろうな、と鬱陶しく思った。

「でも、ただひとつ嘘っぽい。というか綺麗に言いすぎ」

「何？」

「溺れたいのは恋愛にじゃなくてセックスになんじゃないの？」

悪びれもせず言うので、わたしは呆れて小さく笑ってしまった。

「初対面でストレートすぎ」

「それは、お互い様でしょう」

バーボンをストレートで頼んで、わたしたちは乾杯をした。

そんな風にして知り合いになったので、直哉《なおや》と寝ることはなかった。

恋愛なんて真意を隠して匂わせるから愉しめるのであって、最初から思惑を言葉にして晒《さら》してしまうと、どうも男女の雰囲気にはならなかった。そもそもうっかり本音を喋ってしまったことをわたしは後悔してもいた。油断させられた、と思った。こういう時は危ない。油断した、と思っている時点で、気を許してしまったことの証明になってしまう。

わたしが外で男遊びをするのは、直哉の指摘した通り恋愛がしたいからではないのだ。かといってセックスだけが目的かと言うと、それも少し違う。

「じゃあ、何?」と訊いてくるので、わたしは用意しておいた答えをなるべく淡々とした調子で言った。

わたしは他人を操りたい。操りながら束の間の関係に溺れたい。そして、退屈な日常を忘れるの。過去も未来も日常の煩わしい想いもなく、ただ、肉体として存在するだけのわたしになりたい。セックスを期待している男が醸《かも》しだす空気も好き。ねっとりとした目線とか、何かと理由をつけて手や腰に触れ、名残惜しそうに離れる仕草とか。あの濃密な空気に包まれると自分のかたちがくっきりとわかる気がする。駆け引きとその後の快楽を愉しむ。まあ、要するに暇《ひま》つぶしと刺激がわたしには必要なの。自分の価値も再確認できるしね。

そう言うと、「なんだかなあ」と直哉は鼻で笑った。

「頭、使いすぎじゃない？　その酔い方」

「だって本当に理性を失ってしまったら愉しめないじゃない。遊びは遊びで線を引かなきゃ」

「線なんか引いている時点で、酔ってないって。酔うっていうのはどれだけ馬鹿になれるかだろ」

直哉はよく飲む。とは言っても、水のようにぐびぐび飲んで泥酔するわけではない。じっくりと体に染み込ませようとするように飲んで、気持ち良さそうにしている。ゆらゆら揺れる船に乗ってどこかにのんびり向かうような顔をして。

「何のために？　そこまでしないと忘れられないことでもあるの？」

「ほら、また」

直哉はわたしのグラスを指先でつついた。

「またそうやって意味ばかり考える、せっかく楽しく飲んでいるのに。飲みが足りないんだな、あなたは」

そうは言われても、わたしは本当にいくら飲んでもお酒では酔えないのだった。

胃が熱くなり、心臓や血管を流れる血が大きな音を刻みだす。ぼんやりとした店の灯りがじわりと滲む。けれど、それだけだ。泣いたり、笑ったり、楽しい気持ちになったりするということがない。強いお酒を飲めば飲むほど、脈打つ体とは裏腹に頭の中はどんどん醒めていく。何もかも見渡せるような心持ちになる。

ただ一度、ふっと寂しい気分になったことはある。街灯の灯りがぽつんと落ちた暗い道のマンホールの上を通りかかった時だ。

その時はこれから関係が進みそうな男性と飲んだ帰りだった。夫が帰宅する前に家に戻ろうとして、タクシーを降りて小走りに家の前の坂を登っていた。

マンホールの下で水が滑らかに流れていく音がした。

どこかの家のお風呂の排水だろう。足元からは温かい空気が立ちのぼっていて、石鹸の清潔な香りもした。わたしの足の下で水は澱《よど》みなくさらさらと流れていた。

わたしは帰ってからシャワーを使うつもりだった。けれど、水の流れる音を聞くと、こんな風に何もかも流されていってしまうのだ、と思い、足が止まった。暗いマンホールの中で、人知れず。わたしの想いも、時間も。それまでの高揚した気持ちがしぼんでいって、たまらなく寂しくなった。

自分が酔って潰した時間を直哉は惜しんだりしたことはないのだろうか。そんなことを訊いても、「また難しいことを考える」と笑われるだけだろうけれど。

夫とは友人の紹介で知り合った。一回り歳が離れていたし、結婚歴があったけれど、気にはならなかった。少し肉のつきすぎた腹まわりも許容できた。なんとなくいろんなことを許せる雰囲気の人だったのだ。

「バツイチって言葉はネガティブすぎますよね。そんな思い切りバッっていう単語を入れなくてもいいのに。だって、別れが悪い方向にばかり進むとは言いきれないじゃないですか。長い人生なのだから、何がどう転ぶかわからないと僕は思うんですが」

のんびりした声でそう言った。

後で友人から前の妻とは離婚ではなく死別だったと聞いて、より好感が持てた。大学で生物だか細菌だかの研究をしているらしく、収入も安定していた。わたしの中に三十を手前にした焦りがあったことは否めない。話はとんとん拍子に進んだ。

何か変だな、と感じはじめたのは結婚してからだった。

夫は相変わらず穏やかな声で、家で凝った洋食が食べたいと言いだしたのだ。

「イタリアンとかフレンチとか？　調理道具から揃えなきゃいけなくない？」

「うん、実は一通りあるんだよ。本だってたくさんある」

わたしは家では一般的な家庭料理を作る程度でよく、凝った料理は外に食べに行けばいいと思うタイプだった。洋食は料理人が作ったものの方が断然美味しいし、日々の料理にそんな手間暇をかける必要はあるのかと悩んだ。それに、その調理器具やレシピは前の奥さんのものではないかという思いがちらりとよぎった。

わたしの曇った気配を察知したのか、夫は笑って言った。

「いや、無理にとは言わないよ。気にしないでくれ」

その朗らかな顔を見て、自分が邪推しすぎたような気がした。夫は帰りが遅いことが多かったので、外に食べに行くよりは家でのんびりと食事を取りたいのだろうと思い直した。ちょうど事務職の勤めを辞めたばかりで暇だったこともあり、わたしは料理教室に通うことにした。

洗いもので流しを溢れさせながら、わたしは習った通りに小難しい名前の料理を作った。原形がなくなるくらい煮たり潰したりした粘土細工のような食べ物を夫は嬉しそうに食べた。

それ以来、夫はちょこちょことわたしのことに口をだすようになった。

レギンスを股引きみたいと言ったり、踵《かかと》が低いレペットのバレエシューズを室内履きみたいと言ったり、夫の友人への対応について「まさか、ああ言うとは思わなかったよ」と後で苦笑いを浮かべながら言ってきたりした。あくまで笑顔だったけれど、気に入っていないのは一目瞭然だった。「好きにしてくれたらいい」とは言われても同じ家に住んでいる人間だ。気に入られないよりは気に入られている方が、居心地がいいに決まっている。

割とカジュアルだった私の服装がデパート系になったと友人は言った。

「でも、綺麗になるのはいいことよね」

そう言われても、素直に頷けなかった。その頃から、夫の笑顔が息苦しくなってきた。部屋やクローゼットを見渡せば、結婚前に買ったカジュアルな服はほとんどなくなっていた。夫に言われて新しく買った服や靴はどれも洗練されてはいたけど、他人行儀な感じがした。どことなく自分に馴染まないのだ。けれど、夫は「似合うよ」と嬉しそうに褒めてくれた。

ある日、夫がお弁当を忘れていった。前に忘れていった時はわざわざ休憩時間に家に戻ってきたので、研究室まで届けることにした。

守衛さんに研究室の場所を訊いて、色のくすんだ大学の廊下を歩いている時だった。白衣を着た眼鏡の女性とすれ違った瞬間、目を見開かれた。

「え……？」

化け物を見る目、というのはこういう目を言うのだろうか。そんな言葉が自然に浮かんだ。この場にいるはずのない人がどうしてここに。女性の目はそう言っていた。拒絶と困惑の色に満ちていた。その半開きになった唇がわずかに動いた。

あまりに過剰な反応に、研究棟に入ってはいけなかったのかと不安になった。

「あの……岡田郁雄《おかだいくお》の家のものなんですけど」

息苦しい空気の中でなんとか声をだした。夫の名前をあげた途端、女性の顔がさっと強張った。ぎしぎしとした作り笑いに変わっていく。胸についた名札には夫と同じ研究室の名前が書かれていた。

「あ、ごめんなさい。雰囲気が知人とあんまり似ていたものですから」

目を逸らし、頭を下げながらあたふたと去っていく。その時、女性の唇の動きが蘇った。その唇は「みさassociated」となぞっていた。

それは前の奥さんの名前だった。

わたしは自分の足を締めつける華奢《きゃしゃ》なクリーム色のパンプスを見下ろした。窓ガラスを見ると、ふんわりとしたパーマをかけて、夫の好きなブランドの膝丈ワンピースを着た自分が映っていた。そのマネキンのような女がわたしにゆったりと微笑みかけた気がした。

白衣の女性の見開かれた目と「みささん」という言葉がぐるぐると押し寄せる。似ていたものですから？　嬉しそうにわたしを褒める夫の顔が浮かび、手に持ったお弁当箱がずっしりと重くなった。中には夫の好きな甘い卵焼きや蓮のきんぴらや鶏つくねの煮物が入っていた。お弁当のおかずは和食がいいと言われていた。

心臓が大きな音で脈打っていた。鈍い痛みが背骨を軋ませながら這いのぼってくる。息が重い。

裏切られた、と思った。

ずっとずっと裏切られてきたことに、その時やっと気がついた。

そう思って傷つくということは、自分が今まで真面目にやってきたからだ。何も疑わず、二人のために良かれと思って言う通りにしてきた。なのに、夫は自分のことしか考えてなかったのだ。じっくりと時間をかけてわたしを塗りつぶして、自分だけの満足を噛みしめていたのだろう。

それなら、不真面目になってやろうと思った。けっして気付かせることなく。

男の人とベッドにいる時、わたしは夫の白衣を着た後ろ姿を想う。試験管の中の細胞や、ケージの中にいるラットを眺める横顔を想う。あなたはわたしを閉じ込めたと思っているのだろうけど、覗き込まれて踊らされているのはそっちなのよ。心の中でそう嘲笑う。知り合ったばかりの男の体液に汚されながら、清潔な夫の白衣を想い、震えるほどの満足を味わう。それがわたしの酔い方だ。

本当は夫の仕事している姿なんか見たことはない。台所で几帳面な仕草でコーヒーを淹れる後ろ姿から想像しているだけだ。

あの日、わたしは夫に会わずに逃げかえったのだ。けれど、お弁当をゴミ箱に捨てる手前で踏みとどまった。そして、笑顔でお弁当を取りに戻ってきた夫を迎えた。

その時にはもう決めていた。

それ以来、ずっとそうして夫を裏切り続けている。


同じ相手と長く関係を持つことはない。連絡先も教えない。次の約束をしなくなったら、それでお終い。相手がわたしのことをしつこく質問しはじめたら逃げ時。

だって、それはバーに飲みに行くのと同じだから。義務やしがらみができてしまったら気持ち良く酔うことはできない。バーのマスターは個人的なことなど訊いてはこないのがルール。わたしはただ自分の好きな時にふらりと夫への裏切りを愉しみたい。たとえ人間をもの扱いしていると非難されても構わない。だって、わたし自身がずっとそう扱われているのだから。

誰でもいい。何も訊かず、わたしの頭に快感の靄《もや》をかけてくれるなら。むしろ、特定の誰かであって欲しくない。

内臓をかきまわされて、声をあげ、腰を動かす。獣じみた匂いがひらいた脚の間からたちのぼってくる。男の胸に爪をたて、頬ずりをして、肺の中いっぱいに他人の匂いを吸い込むと、目を閉じる。そうやって、自分を追いだし体だけになる。

これは復讐。わたしは夫が作りあげた完璧な妻の皮を被ったまま、夫が最も望まない場所にそれを運ぶ。そして、その女が他の男と遊ぶ姿を眺めて愉しむ。そうしてやっとわたしは自分自身を取り戻すのだ。

この話は誰にもしたことがない。直哉にも。

直哉は他の男とはちょっと違った。純粋な飲み友達と言ってよかった。顔を合わせる度に、人懐っこく声をかけてきた。最初は疎ましく感じていたが、いつの間にか携帯電話のメールアドレスを教えていた。けれど、ほとんど連絡はこない。月に一回か二回、飲みましょうというメールが届く程度だった。

直哉はひどく忙しい仕事に就いているらしく、携帯電話をいつもテーブルの上にだしている。待ち合わせの時間に行っても、「急な仕事で呼ばれた」と慌ただしく去っていくこともある。それでも、別に気にはならない。約束を反故《ほご》にされてがっかりするような関係ではないし、その方が気楽でもある。

「俺みたいな仕事に就いていると別世界が必要なんだよね」

一度、呆れるくらい飲んだ時に、そう言っていた。何の仕事か知りたくもなかったので、「別世界」とだけ呟いて返した。酔った直哉のまわりには熱い空気が揺らめいている気がした。

「そう、俺の仕事って生活の全部を否応なく奪っていくタイプの仕事なんだよ。だから、たまにまったく違う場所が欲しくなる。じゃなきゃ、やってられない。酔うと忘れられるからね」

「ああ、なんとなくわかる」

「本当に?」

直哉がわたしを覗き込んだ。その目から体温が伝わってくるような気がして、わたしは目を逸らした。なんだかくるりと巻き込まれ引き寄せられそうだった。

「どうしてそう思うの?」

「なんとなく、あなたは俺に本当のことを言ってないように感じるから。そうやって男遊びをするのは単純な暇つぶしには思えないから」

「買い被り」

わたしは笑った。直哉が勧めてくれたエラドゥーラというテキーラを一口飲んだ。

長期熟成のものだ。香辛料のような香りが鼻に抜ける。けれど、まろやかさもある。テキーラは苦手だったのだが、これは悪くない。わたしの表情を見て、直哉が満足そうに微笑む気配が伝わってきた。癪に障ったので、早口で言った。

「大体、酔うのや気晴らしするのに本当の理由なんてあるのかしら？　例えば、忘れたいことがあったとして、最初はそのために飲んでいたとしても、そのうち忘れたいことも何だったか忘れてしまって、後はただ習性になっていくものじゃない？」

マスターがグラスを拭きながら頷いた。

「それだとこっちとしてはありがたいですね」

目尻の皺が優しげに深まる。直哉が「まあね、そんなものかもしれない」と、呟きながら頬杖をついた。

「それにしたって、どうしてあなたはいつもそう飄々《ひょうひょう》としているんだろうね」

そう言いながら、一気にグラスをあけてにこっと笑う。直哉はいつもわたしの倍は飲む。そんなの、あなただって同じじゃない。どんなに酔ってもいつもしらっとした笑顔をして、器用そうな空気を身にまとって。そう思ったけど、言わなかった。「そうかな？」と首を傾げてみせた。

きっとわたしは直哉が羨ましいのだ。きっちりと「別世界」を愉しめているその余裕ありげな様子が。多分、直哉はここでこうして酔っていても、仕事は仕事でそつなくこなしているのだろう。ここでの時間を無駄にはしていない。

わたしは結局、夫への復讐を愉しんではいても、本当は自分が何をしたいのかよくわからなくなる時がある。ただ流されているだけで、どこにも行きつけない気分になる時がある。心からすっきりとすることができない。歪んだ状況は結局、何も変わりはしない。

その晩、もう一軒行こうという話になって雑居ビルの三階にあるクラシックなピアノ・バーに向かった。

エレベーターの中に入ると、直哉が唇を寄せてきた。

少しくせのついた前髪ごしに蛍光灯の白い光がかちかちと震えていた。

「どうして」と問うと、「いや、密室だったし」と目を細めた。

あなたがして欲しそうだったから。そう言っているように見えて息苦しくなった。

「そうじゃなくて」と言いかけて、やめた。なぜか怖くなったのだ。

エレベーターの扉が開いて、柔らかい音楽が流れてきた。先に降りる。

ハンドバッグから携帯電話を取りだして、確認するふりをしながら嘘をついた。

「あ、ごめん。やっぱり帰らないとまずいわ」

「うん、わかった」と、後ろから直哉の声がゆっくりと届いた。ふり返らなくても笑顔なのがわかった。直哉は無理に引きとめるようなことはしない。

直哉の唇は熱くて柔らかかった。煙草の匂いがした。隣で煙草を吸う時はわたしに煙がかからないように、下唇を少し突きだして上に吹きあげるようにして煙を吐く。その仕草を思いだした。

唇が触れたほんの一瞬、何も考えられなくなった。煙草とあたたかい体からたちのぼる匂いに包まれて、ふわあと浮いたような気分になった。自分すら忘れて、わたしがわたしでなくなってしまうような感覚。

それは、とても怖い。

意図的に自分を消すのなら、いい。全ては消えてしまわないから。

触らないで、と思った。お願いだから、そんな風にわたしに触らないで欲しい。ざわざわとした落ち着かない気分だった。直哉だけには近づきたくない。そう思った。

「あれ、戻ってきたんですか？」

元のバーに戻ると、閉店間近なのか誰もいなかった。わたしは小さく息をついた。

「なんとなく。なんだか、ちょっと疲れたのかも」

「軽く温かいものでもお作りしましょうか？」

「お願いします」

そう言って、カウンターに置かれた自分の手を見つめた。爪の表面が滑らかに光る。

「マスターはわたしが浮気ばっかりしていても咎めないんですか？」

冷蔵庫の前に屈んでいたマスターがふり返る。手に緑の細い瓶を持って戻ってくる。

「私は咎める立場にありませんし」

「でも、道徳心とか老婆心からの忠告、みたいのはあるでしょう？　嫌悪感とか」

「そうですね、職業柄、お酒に置き換えて考えてしまいますからね」

「というと？」

「お酒には不味《まず》いのに何百年も作り続けられているものもあるのです」

「不味い？」

マスターはミルクパンを持ちながら微笑んだ。

「不味いと言ったら言い方が悪いですね。くせがある、でしょうか。そういうのを好む人も多いですし、意外とそういう手の込んだ個性をだすのは難しいので貴重なのです。けっして投げやりにも雑にも作っていません。丁寧に作られたあくもあるのですよ。むしろ、そういうものの方が計画的に複雑な工程を経て作られていたりもします。

不完全に見える完全です」

　金属音がして、マスターの手元のコンロが青く光った。

「だから私は思うのです。どんな行動にもその人なりの意味と必要性があるのではないかと。露悪的に見えても、遠まわりしているように見えても、それは完成するために欠かせない工程の一つなのではないかと」

　わたしは琥珀《こはく》色に輝く酒瓶たちを見た。それぞれの場所で満足そうに眠っている。自分の役目を知りつくして。わたしは目を伏せた。カウンターの一枚板に年輪や筋が見える。手首の辺りに小さな楕円の洞があった。指で暗闇をなぞる。

「けれど、わたしのやっていることはどこにも行きつかないことのような気がする」

「別に今、決めてしまうことはないですよ。ふり返ってわかることもあります」

　湯気のたつグラスが置かれた。澄んだ茶色の液体にシナモンスティックが挿さっている。香辛料と果物の香りがする。吸い込むと脳で赤褐色の火花が散った。

「今日は珍しく弱気なことを言いますね、何かありました?」

「まあ、とらわれてしまいそうになって混乱したのかな」

「とらわれるのは嫌ですか?」

　わたしは少し笑って、シナモンスティックをソーサーに置いた。一口飲む。

「おいしい」

熱い液体が喉を流れて、胃に広がっていく。

「ジンジャーエールを温めてカルヴァドスを入れています。温まりますよ」

わたしはグラスを持ったまま深く息をついた。


三日後くらいにまた同じバーに行った。最近知りあった建築関係の仕事をしている男性と一緒に。しょっちゅうジムに行って体を鍛えている人だ。そのせいで歳の割には体がしまっていて姿勢も良い。けれど、お金をだしてまで運動する意味がわたしにはうまく理解できないので、テニスや水泳に誘われても生返事をしてばかりいた。その日も血を抜いて運動をするとかいうトレーニング方法の話をぼんやりと聞いていたら、直哉がふらりとやってきた。

わたしたちを見ると薄く笑って、ふいと離れた席に座った。

それから一度もこっちを見なかった。一時間くらい経った頃、直哉の腕の横で携帯電話が震えながら光り、直哉は店を出ていった。

少し猫背気味の背中が扉をすり抜けていくのを眺めながら、わたしは小さく溜め息をついた。

直哉に他の男といるところを見せつけたかったはずなのに、肺が縮んでしまったかのように息がしにくかった。横では男が喋り続けていて、わたしは会話を遮《さえぎ》るためにこめかみを押さえて俯《うつむ》いた。

マスターが心配そうに近付いてきたので、「なんかさっぱりするの下さい」と呟いた。

まったく何をしているのだろう。

夫のことをすっかり忘れてしまっていた自分に気がついて愕然とした。余計なことに気を取られてしまっている。一体、何のためにこうして出歩いているのか、夫への復讐ではなかったのか。

柑橘の香りが漂ってきて顔をあげると、マスターがグレープフルーツを搾っていた。スクイーザーの銀の溝を白濁した果汁が伝っていく。わたしはマスターの無駄のない動きをぼんやりと眺めた。

マスターは細長いグラスにグレープフルーツ・ベースのカクテルを注ぐと、木の容器に入った緑色の小瓶を取りだした。

「薬草系リキュールは大丈夫でしたよね？」と尋ねながらグラスを差しだしてくる。

「はい。それは？」

「シャルトリューズ・エリクシール・ヴェジェタルです。修道院で作っている百種類以上の薬草から作られたリキュールです」

「普通の緑と黄色のシャルトリューズは知っているけど、その小さいのはじめて見た。エリクシール？」

たった数滴しか入れてないのに、濃い植物の味が舌に滲む。強い苦みと仄かな甘み。すうっと頭が軽くなる。

「薬効が強いリキュールにつける名前ですよ。エリクサーとかイリクサーとも言います。昔の人は不老不死の霊薬として飲んでいたんですよ。ラテン語では神の杯という意味でもありますし」

「薬になるお酒で酔っ払っていいのかな？」

わたしが笑うと、マスターは「もちろん」と頷いた。

「酔うことは何も悪いことだったり逃げるためだけじゃないですからね。昔、ヨーロッパでは、バーは病院の役割をかねていたと言われています。精神病なんて言葉がまだなかった時代です。人は体が悪くなると病院に行き、心を病んだらバーに行きました。自殺をしようとする人が最後に行くところは、バーか教会と言われていたみたいですよ」

隣の男が「へえ」と大袈裟な身振りで相槌をうった。わたしはカウンターの壁一面で飴色に輝く酒瓶を眺めた。間接照明の淡い光を反射して鈍く光っている。

「お酒には傷を癒したり、抱えたものを軽くしたりする役目もあるのですよ。たまには酔っ払うのもきっと悪くないはずです」

マスターは穏やかな顔で言った。その優しそうな目の奥で金色の光が揺れている。この部屋の何もかもがゆらゆらと揺らいでいた。まるで温かい金色の海の底のようだ。外では雨が降りはじめているようだった。時折、水のはねる尖った音が聞こえる。けれど、海の底は静かで、音は丸くなっていく。珍しく酔っているのかもしれない。わたしはカウンターに落ちた水滴に触れた。

直哉は冷たい雨に濡れてないだろうか。ふと、そう思った。


空の高く澄んだ日曜だった。ベランダで洗濯物を干していたら、「電話が鳴っているよ」と夫がガラス戸を軽く叩いた。

携帯電話をひらくと直哉からメールが来ていた。今から出てこられないかな、と書いてある。休日の昼間にいきなり誘いがくることなど今までなかったので驚いた。思わず夫の方を窺《うかが》ってしまう。

夫はCDやDVDの棚の前にしゃがんで、何やら出したり入れたりしていた。わたしの知らない曲を鼻歌で歌っている。彼は模様替えが好きなので、休日の度にいろんなものを並べ替えたりするくせがある。

「今日、短大の時の友達と会う約束していたのをすっかり忘れていたわ。急なんだけど、今からちょっとでてきてもいい？　夕飯までには戻るから」

わたしはくった髪をほどきながらなるべく何気ない声で言った。夫はちらっとこちらを見ると「ああ、いいよ」と言って、また棚に視線を戻した。彼は何かに夢中になると他のことは目に入らない。

わたしは夫の気が変わらないうちに手早く身支度を整えると、直哉の指定した駅に向かった。

駅の改札を出ると、券売機の横で直哉が日差しに目を細めながら立っていた。彼はいつものようにだらしなくない程度にカジュアルな服装だった。なのに、昼間の日光の下で見るとずいぶん若く見えた。

自分の肌の調子とか、髪の染めむらとか、ヒールの傷とか細かいところが妙に気になった。昼間のふんだんな光は何もかも暴いてしまいそうで、わたしはやや俯きがちになりながら直哉に近づいていった。

「秋の日差しって妙に白いね。けっこう激しいし」

目を細めたまま直哉は言った。瞳が茶色かった。色素が薄いと眩しいのかもしれない。

「直哉はあんまり昼間外にでないの？」

「そうだな、あんまりというか、まったくでない」

「確かに夜のイメージしかないね。日にあたったら煙になっちゃいそう」

話しだすと緊張が解けてきた。いつもバーで会う直哉とようやく重なってくる。眩しすぎるせいか泣きそうな顔をして直哉が笑う。

「あなたも夜のイメージしかない。待っている間、本当はいないんじゃないかとか思ったりしてしまったよ」

「なに？　酔っている間の幻覚だとでも？」

「まあ、そんな感じ」

そういえば、お酒が入っていない状態で話すのははじめてだった。いつもと違うと言えば違う気もするし、何も違わない気もする。ただ、はじめてという言葉を口にしたくなかったので言わずにおいた。

ゆっくりと坂を歩いた。足元では潰れた銀杏《ぎんなん》がきつい匂いを放っていて、ひんやりした風からは金木犀《きんもくせい》の甘い香りがした。

少し前を歩く直哉の背中を見ているうちに、ふと現実じゃないような気がしてきた。こんな夢を見たことがあるような、遠い昔こんなことがあったような不思議な気分だった。自分がちっぽけな子供に戻ってしまったように思えた。

寺の前の石段に片足をかけて、直哉がふり返った。

「何、不安そうな顔しているの？」と、笑いながら。

「国宝の障壁画があるんだって」と直哉が言った。

寺で絵を見るような健全なタイプだとは思わなかったと言ったら、困った顔をした。

「昔からここの絵を見たかったんだけど、ちょうどいい機会がなくて。ふと、今日時間が空いて思いたったんだ」

「どうして」

「さあ、なんとなくあなたに見せたかった。それと、芸術とかに触れてちっぽけな自分を感じたら素直になれる気がした」

直哉はよくわからないことを煙草でも吸うみたいにゆったりと言った。

国宝だという絵は桜の日本画だった。大ぶりの桜が金をバックにはちきれんばかりに咲いていた。艶やかなのに、どこか冷たい風が吹いているような哀しさがあった。才能に溢れた若き絵師が二十五歳で描いたもので、彼はその一年後に亡くなったと室内のアナウンスが告げていた。夭折《ようせつ》の天才。その命の宿った絵を見ようと訪れる人が多いようで、たくさんの人が長い間足を止めては見とれていた。

その隣には、彼の父親だった画家の絵があった。息子の死を嘆いて描いたそうだ。こちらは楓《かえで》を描いたもので、大胆な構図の力強い作品だった。こちらも同じく国宝で、凄みのある絵だった。

「みんな、あっちが目当てで来ているのね」

わたしは桜図の前に群がる人々を眺めた。

「有名だからね」

「こっちの画家の方が有名な人なのに。若くして亡くなった人はやっぱり特別視されるのかな」

楓図の前で、わたしは直哉に聞こえないくらい小さく呟いた。

わたしは夫の前の妻のことを思いだしていた。どんな風に亡くなったのかも、どんな人だったかも知らない。ただ、確かなのは若いうちに亡くなっていて、たとえ本人はいなくなってしまっても、未だに夫の心にはくっきりとその姿が描かれているということだった。けっして、色褪《あ》せることなく。まるで、この桜の絵のように、哀しく、華やかで、そして鮮明に。

これから先、わたしがどれだけ長く生きてあの人とたくさんの時間を過ごしたとしても、こういう春の花のような刹那的な美しさをあの人の心に刻みつけることはできないのだろう。死んでしまった人間に勝つことはきっと不可能だ。

桜は冷たくわたしに微笑んでいた。永遠に衰えることのない清らかな少女のように見えた。

直哉はまだ絵を見つめていた。わたしは先に展示室を出た。

隣に畳の部屋があったので座った。目の前には日本庭園が広がっていて、緑色の池の中で亀がのろのろと首を伸ばしている。わたしは黒く濡れた甲羅をじっと見つめた。

少し経って、直哉が横に座る気配がした。

何か訊かれる前にわたしは「ねえ」と笑った。

「桜図と楓図、直哉はどっちが好きだった？」

「え？　どっちも凄かったけど」

「うん、そうだけど。でも、どっちが心に残った？」

直哉は喉の奥で「ううん」というような呻きをあげながら、大きな伸びをした。そして、後ろの柱にもたれた。わたしは亀を見つめたまま返事を待った。凍りついてしまったみたいに動けなかった。

「でもさ、違う絵だからな」

思わず直哉の顔を見た。わたしを見て不思議そうに笑う。

「違う絵だろう？　どっちとかじゃなくて」

胸の奥につっかえていたものが取れた。溶けて、滴って、畳に吸い込まれていった。欲しかったのは、この言葉だった。

夫がこういうことをさらりと言ってくれたなら、わたしは救われたのだ。わたしは違う人間だって、気付いて欲しかった。それを認めさせたかったから、わたしはあんなことをし続けていたのだ。わたしは復讐にかこつけて逃げていただけだ。今さら気付くなんてひどく間抜けだった。

目の奥が痛い。わたしは膝を抱えて頭を埋めた。直哉に顔を見られたくなかった。

しばらく経って直哉が言った。

「ねえ、あなたはさ、本当は酔えないんじゃなくて、酔いたくないんじゃないのかな。何を抱えているかまではわからないけど、傷や痛みを忘れたくないんじゃないの？それがどれだけ大きかったか、酔わないことで確認していたいように見える」

何も答えなかった。

「でもさ、それもきっといつかは薄まっていくんだと思う。俺もさ、酒じゃなくても仕事を忘れさせてくれるものができたよ」

ゆっくりした声で直哉は続けた。

「俺は今、違うものに酔っているよ。きっと、あなたも、本当はそうなんじゃないかな」

わたしは顔を埋めたまま首を横にふった。意地のようなものだった。このまま気持ちに流されて夫への憎しみを忘れてしまったら、今までのことが全部無駄になってしまう。わたしが楽になってしまったら、何もかもなかったことになってしまう。そんなのは嫌だった。だから、今は動けそうもなかった。

直哉にもたれてしまいたくはない。これ以上近付いたら、この人は極上のお酒のように痛みを癒してしまうだろう。わたしにはあの言葉だけでもう充分すぎるくらいなのだから。お願い、もう近付かないで。

それでも、頭の片隅では抗うのは無理なのだとうっすらわかっていた。大きな流れがわたしを引き寄せるのを確かに感じていた。畳に降りそそぐ太陽の光みたいに自然な力だった。

本当は知っていた。はじめて見た時から。はじめてその空気に触れた時、もうすでにわたしは酔っていたのかもしれない。少し苦くて甘いその匂いによって、痛みは少しずつ薄められていっていたのだ。

「おいで」

ゆっくりと直哉が言った。わたしはまた首をふった。けれど、もう強くはふれなかった。

「わたしは何にも酔わない。痛みを忘れたりなんかしない」

「無理だよ」

あたたかい手に引き寄せられた。耳のすぐ上で声が響く。脳が痺れたようになって、頭の中に重い膜が降りていく。あたたかいものが頬を伝う。

「神様だってお酒を飲んで酔っ払うんだから。人間の俺らが逃れられるはずはないんだよ。時には酔って忘れてしまっても許されるよ。大丈夫、酔って少し休んだら、きちんと仕切り直せばいいんだから」

神様のお酒。どこかで聞いたような気がした。何だっただろう。なんだか幸福そうな名前だったはず。

小さく問うと、直哉の声が答えた。けれど、首筋から煙草の混じったあたたかい肌の匂いが降ってきて、何もわからなくなっているうちに、その名前はするりと頭を抜けていってしまった。

花荒れ

砂利を踏み、境内を横切り、細長い石造りの腰掛けに座る。

いつも同じ場所なので、いつかは石も耐えかねて私の巨大な尻のかたちに窪《くぼ》むのではないかと思ったりもするが、腰掛けはそんな私の考えを拒むように冷たく硬い。息を整え、缶コーヒーをあけて二口ほど飲む。すぐ傍《そば》の椿の植え込みが揺れた。茶色の丸い塊《かたまり》が足音もなくこちらに向かってくる。

ごうん、と鐘が鳴った。

茶虎は歩を緩めない。白い前足を腰掛けの縁にかけると、猫にしては大柄な胴体を一息に押しあげて私の横に並んだ。そのまま鞄を踏みつけて私の膝の上に乗ると、くるりと丸まる。甘い声など一声も発しない。時折、もぞもぞと狭い膝の上で姿勢を変えるが、何をねだるでもなくじっとしている。

コーヒーを飲み終えてしまうと、境内を見渡した。夕闇の中、目を凝らすと、冬枯れした枝の先で小さな蕾《つぼみ》が点々と膨《ふく》らみだしているのが見えた。

茶虎は依然、じっと目を閉じている。左耳が二か所破れて、額には三日月の古傷がある。茶虎はここら辺の猫たちのボスのようだ。

ごわついた毛を撫でようとして片手を挙げると、茶虎がぴくりと頭を持ちあげた。

ややあって、石段を上ってくる人影が見えた。歩道を逸れ、こちらに向かってくる。立ち上がりかけると、茶虎がかすかに膝に爪をたてたので座り直した。

人影は男性のようだった。背が高く、黒っぽいスーツを着ている。営業マンだろうか、肩に大きな書類鞄を下げて大股で颯爽《さっそう》と歩いてくる。くたびれた革靴の下で砂利がざくざくと音をたてた。

「桜ですかね」

男は少し離れたところで立ち止まると、梢を見上げながら言った。

「そうですね。植物には詳しくないので種類まではわかりませんが」

「ぼくもですわ」

男は早口で言った。かすかに関西訛《なま》りがあった。茶虎がうるさそうに男に背を向ける。

「帰宅前の一服ってやつですか。いつもこちらに？」と、男が煙草を取りだした。

「ええ、まあ、駅からの近道ですし休憩がてらに。あ、あの」

「ふぁい？」

　声をかけると、男は煙草を咥《くわ》えたまま顔をあげた。すらりとした背格好の割には顔は老けて見えた。濃い顔立ちをしているせいかもしれない。四十代後半くらいか。きびきびとした仕草から仕事の出来そうな気配が伝わってきた。ただ、シャツもネクタイもよれていて、若干激務に疲れた風ではある。

「境内は禁煙なんですよ」

　男は一瞬呆気に取られた表情を浮かべたが、「ああ、えらいすんません」と笑った。目の周りに皺が寄り、人懐っこそうな顔になった。なんだか申し訳なくなり、「あ、いえ……」とつい目を逸らしてしまう。一本くらい見逃してやればよかった。

　茶虎の背中を撫でていると、男がまた口をひらいた。

「お仕事は何をされているんです？」

「普通のサラリーマンですよ」

「定時に帰れるんですね。羨ましいなあ」

「まあ、あと数年で定年ですしね。とはいえ、待っているものもいませんので、早く帰っても仕方ないのですけれど」

「ご家族は？」

「妻は五年前に他界しました、癌《がん》でね」

「息子さんは?」

「もう嫁をもらって今は九州の方におります。めったに顔をだしません」

そこまで喋って違和感を覚えた。なぜ息子がいることを知っているのだろう。

「なるほどねえ」

ふいに男は声をあげると、砂利を散らしながら目の前までやってきた。

「あなたは嘘をつかないようですね」

「嘘?」

胸の奥がざわついた。茶虎が起きあがり太い声で一声鳴くと、男の脇をすり抜けて椿の茂みに消えていった。

「あれ、嫌われたかな」

男は笑うと、背広のポケットから名刺入れを取りだしながら言った。

「大島勉《おおしまつとむ》さん、ですよね?」

男は先ほどまでと打って変わった鋭い目で私を見つめていた。気圧《けお》されて、黙ったまま頷く。

「そんな怯えた顔せんで下さい。小手毬里子《こでまりさとこ》さんについてちょっとお尋ねしたいことがあるだけですから。彼女と関わりのあった男性には皆、お話を伺っているんですよ」

「小手毬里子？」

聞き覚えのない名前だった。男は口の端で笑うと、「やっぱりあなたにも本名を名乗っていませんでしたか」と名刺入れをしまい、平たい携帯電話を取りだした。「まったく慣れませんわ、この操作」と言いながら画面の上で指をスライドさせる。「あったあった」と画面を見せてくる。

「この子ですけど」

髪を巻いて派手な化粧をした若い女性の写真だった。アイドル歌手のように上目遣いでこちらを見ている。老眼のせいで顔がぼやける。目を細めると大きな茶色い瞳《ひとみ》と目が合った。ちょっと低めの鼻。

「あっ、ゆきちゃん」

「ゆきちゃんねえ」

男は苦笑いを浮かべた。

「でも、こんなに目は大きくなかった気がする……」

「ああ、それはつけ睫毛と黒目を大きく見せるコンタクトのせいですわ。彼女、恐ろしく化け上手でね」

「化け……？」

男は携帯電話を引っ込めた。

「あなたで五人目です、彼女に騙されていたのは」

「騙す？　彼女が何かしたんですか？」

私は思わず立ち上がっていた。男は一歩下がると手を大袈裟に振った。

「おっと、勘違いしないで下さい。ぼくは警察じゃあありません。国税局の査察部のもんですわ、ただの雇われ捜査官です。はい、これ名刺です。彼女は僕らが税務調査をしている方の愛人でしてねえ、ちょっとお話を聞かせてもらいたいんですよ」

「愛人？」

「ええ、そして、あなたの愛人でもあった。とても言いにくいんですが、あなたのゆきちゃんには他に四人お付き合いしている人がいたっちゅうことでしてね」

言いにくさなど微塵《みじん》も感じさせない口調で男は言った。首を傾げながら笑顔で私の反応を窺っている。

目の前に差しだされた白い名刺が薄闇にぼんやりと浮かびあがっていた。

ゆきちゃん、という名前は彼女が名乗ったのではなかった。あだ名のようなもので、本当の名前は知らなかった。住んでいる場所も年齢も彼女が語る以上のことは何も知らなかった。

彼女が寺に現れなくなって、もう一年が経とうとしていた。正直に言うと、今日あの男が石段を上ってきた時に一瞬彼女かと思って腰を浮かしかけた。

国税局の男が見せてくれた写真は派手でけばけばしく、いかにも夜の仕事をしている女性に見えたが、私の知っている彼女は化粧っ気もあまりなく、裾《すそ》の広がった膝丈スカートやレースのワンピースに丸い小さな靴を履いている可愛らしい感じの女の子だった。女子大生だと言っていたので二十歳前後だと思っていたのに、男によるともう二十八歳だそうだ。

「はじめて見た時、可愛らしい子やと思ったんですよ。とても愛人なんていうすれた雰囲気じゃない。世間知らずで人を疑うことを知らん感じでした。ぼくが今調べている奴なんて相当のワルですからね。もしかしたら、そいつの隠し子なんじゃないかって思いました」

国税局の男はそう言った。私も彼女が愛人をしていたなんてとても信じられなかった。しかも、四人も掛け持ちしていて、各々から毎月三十万近くの金品を巻きあげていただなんて。

「また明日お伺いします。それまでに彼女に贈ったものや渡したお金の額を思いだしておいて欲しいのです。お願いしますね」

男は軽く頭を下げると去っていった。気がつくと境内は真っ暗になっていた。

石段を一歩一歩下りて街灯に照らされた暗い道を歩く。食欲はなかったはずなのに四角い建物から溢れる蛍光灯の白い光を見ると、いつもの習慣でスーパーに寄ってしまった。惣菜コーナーで値引き札のあるパックをいくつか籠《かご》に放り込む。七時を過ぎると値引きになるのだ。トレイの上で半ば乾いている唐揚げやコロッケも透明のパックに詰める。

この時間、広いスーパーは人がまばらだ。スーツ姿の人々が疲れた顔で漂っている。私もそのうちのひとりだ。

新発売のビールがあったが、重いのでやめた。ネットで頼めばよいだろう。妻の桂《けい》子《こ》が亡くなってからどんどん太ってしまい、今やちょっと歩いただけで息切れがする。元々、褒められた容姿ではなかったのが、ますます酷くなった。そのうちスーパーのレジとレジの間を通り抜けられなくなるのではないだろうか。そう危ぶんでみても、家に帰ってテレビをつけると、晩酌をしながらあるだけ食べてしまう。

どこからどう見ても肥満体としか言いようのない身体になってしまうと、それはそれで楽だと感じた。今さら誰もダイエットなど勧めないし、見た目についていくら気を遣ったとて、他人が自分を形容する言葉は「デブ」以外にないと思えば諦めもつくというものだ。あばた面や足の短さをなんとか隠そうと必死になっていた自意識過剰な二十代の頃に比べれば随分と心は平穏になった。

胃にたらふくものを詰め込むと心が落ち着いた。徐々に身体がだるくなっていく。丸く突きでた腹を撫でながら思う。今やもう、傷つくほどに敏感なものなんて残ってはいない。

「騙されてなんていないさ」

小さく呟いて、奥の六畳間にある桂子の仏壇を見た。線香をあげていなかったことを思いだしたが、眠気が勝った。寝室は二階にあるが、桂子のものがまだ残っているのでほとんど使っていない。特に本はいっぱいだ。

ちゃぶ台の横に敷きっぱなしにしている布団に転がると、天井に向かって手を合わせて目を閉じた。

ゆきちゃんのくったくのない笑い顔がよぎった。赤い舌をぺろりとだして首をすくめる仕草。ひらめくスカートの裾からのぞく丸い膝、軽やかな足取り。そして、透けてしまいそうに真っ白な肌。

笑顔を向けられたからって、あんな可愛らしい子に何かを期待するわけがない。作為があったと知ってかえって腑に落ちた。

息を吐くと、思ったより大きな溜め息となって部屋に響いた。


次の日の夕方、いつも通りの時間に退社した。昨日と変わらぬ時間の電車に乗る。駅を出ると、足は習慣で寺へ向かっていく。山門を通ると、夕方にしてはなまあたたかい風が吹いた。春特有の蒸れたような匂いがする。

ふと、気になったので歩道を逸れて、本堂の横手にある藤棚の方に向かう。

老いた庭師が一人、藤棚の横で枝垂《しだ》れ桜を見上げていた。私に気がつくと、まばらな歯をむきだして笑った。

「あと、二、三日ってとこだね。まあ、花は気まぐれにぽっと咲くから外れるかもしれんが、来週末にはこの寺も満開の桜に埋もれるだろうよ」

「そうですか」と相槌をうち、差し障りのない話を少しした。それからいつもの場所に行くと、もう男は来ていた。立ったまま煙草を吸っている。

私の砂利の音ではっと顔をあげ、慌てて煙草を携帯灰皿に押し込んだ。急ぐとすぐに息があがるので、ゆっくりと近付いた。男は目を泳がせながら漂う煙を手で払った。男の前を通り過ぎて石の腰掛けに座る。太ると、座る時に腹から大量の息が洩れ不細工な声がでてしまう。会社ではなかなかやっかいだ。事務の女性たちはあからさまに嫌悪の表情を浮かべる。

辺りには煙草の匂いが残っていた。しばらく茶虎は現れないだろう。男を見上げると、ばつの悪そうな顔をしたまま携帯灰皿を軽く振った。

「この一本を吸い終わったら帰ろうと思ってました。今日は来られないかと思いましてね。ぼく、実は苦手なんですわ、寺とか」

「どうしてです」

「大体、神や仏なんて信じてへんし。宗教法人の税務処理はややこしくてね、嫌な思い仰山《ぎょうさん》させられましたし。大島さんはお好きですか？」

「まあ、静かですしね。それに、ここには我が家の墓があって、妻も眠ってますから。奥さまは？」

男は苦笑いを浮かべて頭を掻いた。

「別れました。大島さんとこみたいに死に別れたわけじゃないだけましかもしれませんがね。いろいろ後悔はありますね」

頷いてから、額と首回りをタオルハンカチで拭いた。まだ朝夕はひんやりするくらいなのにこの汗だなんて、これからどんどん暖かくなっていくことを思うと気が滅入る。

ふうっと息を吐いてから、鞄から紙で包まれたパックを取りだす。男の視線を手元に感じた。

包装紙を剝がしながら、「座らないんですか？」と訊くと、「腰が冷えそうで」と首を振った。

「私は肉布団があるので平気なんですよ」

笑うと、男は口の端で愛想笑いを返してきた。その目の前に輪ゴムを外したパックを差しだす。

「これですよ」

「え？」

「私がゆきちゃん……いや、小手毬さんに差し上げていたものです」

男は目をぱちぱちとさせた。

「これは……豆大福ですか？」

「ええ。でも、ここのはそんじょそこらのとは違いますよ。ひとつひとつ手作りです。

餅に余計なものは一切入れていませんから、今日中に食べないとかたくなってしまいます。けれど、いつも三時前には売り切れてしまうので、昼休みに買いに行きました。良ければ、どうぞ」

「あ、ども」と、男は気圧されたように豆大福を手に取った。そろそろと口に持っていく。

一口食べると、「うまい！」と目を丸くして叫び、もう一口頬張った。

「これはうまいなあ！　赤エンドウの塩加減もつぶし餡《あん》の甘さもちょうどいい。餅も弾力があって、しっかり糯米《もち》の味がしてるわ」

「スーパーとかの甘い糊みたいな餅と違うでしょう」

「まったくです。あんなん和菓子とちゃいますよなあ。ああ、懐かしい味や」

男はたちまち平らげてしまった。私もひとつ手に取る。五つ買っておいて良かった。

「実は私、地元の新聞で甘味暦という小さなコラムを書いています」

男は手についた粉を払いながらこちらを見た。

「え！　ぼく、知ってますよ。時々読んでます。流行りを追っかけるばかりの浮ついたスイーツ記事じゃなくて、老舗の洋菓子屋や跡継ぎのいない小さな和菓子屋とか紹介していて好感持てるなあ、思てました。でも、てっきり作者は女性だとばかり

「……」

「妻がやっていたのを引き継いだのです。妻は本物の甘党でして、私みたいにぶくぶく太っておりませんでしたね。不思議なことに真性の甘いもの好きって皆、痩せているんですよ。ゆきちゃん、ええと、小手毬さんにはその食べ歩き取材に付き合ってもらっていました。コラムのことは言ってなかったので、私のことは単なる甘党だと思っていたでしょうが」

「じゃあ、あなたが彼女に貢いだのは甘いものだけということですか？」

「ええ」

「何かブランド品とかアクセサリーとか、お金を渡したりは一切してません？　家を出たいから部屋を借りるお金を貸して欲しい、とか言われたりしたこともなかったですか？」

「はい」

「彼女に生活や家庭を掻き回されたりしていない？」

「はい。そもそもそんなに深い関わりはありませんでした」

男は夕暮れの空を仰いだ。赤く染まった空を鳥の群れが黒い点となって流れていく。

「ほんなら、あの子がお茶していただけっていうのはほんまやったんか」

私は返事の代わりにもうひとつ豆大福を口に運んだ。やはり、うまい。一度取りあげた店でもこうして時々買っては味が変わってないか確かめている。スーパーで買う腹にためるだけに飲み込む食べ物と違って、甘いものはしっかり咀嚼《そしゃく》して食べる。喉を通る感触も口に残った甘味もしっかりと味わう。ここの餡は舌の上で溶けるように消えて、ちっともくどさが残らない。

それにしても、なぜ今日は茶虎が現れないのだろう。見回すと、ふいに男が声をあげた。

「じゃあ、あなたがあの子の本命の恋人だったってことですかね」

「まさか、親子ほども歳が離れているのに。しかも、私はこんな風体ですよ。愛人だの恋人だの、あり得ませんよ。どんな女性も逃げていきます」

「大島さん、昨日もそう言いましたね。そんなに自分を卑下することないでしょう」

「いやいや、私が女なら絶対に勘弁ですよ。あなたが女だってお断りのはずです」

「その想像は置いといて、いろんな趣味と需要がありますって。ぼくの同僚だってなんでこんな奴にと思うような別嬪《べっぴん》の嫁さんがいてますよ。そいつ、やくざさん担当ばっかり回されるほど凶悪なツラしているんですよ。おまけに上背もあるから大島さんなんて目じゃないくらいでっかい身体してますし」

庇っているようでお世辞にもなっていない。男は歯に衣着せぬ物言いで食い下がってくる。からかわれているかと思ったが、本気のようだ。

「でも正直、こういう仕事してるとね、こんな不細工な男がって思うようなことはしょっちゅうあるんですよ。新人にはよく言っているんです、常識に縛られてはいろんなことを見逃すってね」

男は深く頷きながら言う。まったくもって励ましになっていないことに気付いているのだろうか。苦笑するしかない。男はどこか親しみやすい。そういえば脱税捜査官は相手の懐に潜り込むのが上手いと聞いたことがある。

「あとね、金が絡むと人はわかりません」

「その金すら私にはありませんよ。妻の医療費ですっからかんです」

「じゃあ、本当にこれだけ」

ちらりと最後のひとつになった豆大福を見る。

「ええ。もうひとついかがです?」

「あ、ええんですか?」

嬉しそうに手を伸ばす男を見つめた。一体どこまで計算なのだろうか。

けれど、美味しいものを口に入れた瞬間の人間は無防備だ。どんなに気難しい人でも、けっして嘘はつけない。その人の素の表情が見られるのよ。桂子はよくそう言っていた。つらい記憶も、ささくれた気持ちも、美味しいものは一瞬癒してくれる。だから、本当に美味しいものを人に知ってもらいたい、と。

甘いものを食べている時のゆきちゃんの顔を思いだそうとして、気付いた。

「そんなに疑うなら、もう一度彼女に確かめてみたらいいじゃないですか。嘘発見器でも何でもかけて」

「それがですね」と、男は餅を飲み込んで言った。

「彼女、消えてしまったんですよ」

「警察ではありませんからね。令状があっても家宅捜索や差し押さえくらいしかできません。身柄を確保したりはできひんのですよ。彼女には脱税資金の流れ先を調査するためと言って、任意でお話を伺ってましたし」

そう男は言った。

彼女は調査には協力的だったそうだ。いつ行ってもちゃんとお茶を淹《い》れてくれ、「内緒にして下さいね」と唇をすぼめながら愛人たちのことについて話してくれた。

国税局としては脱税の疑いがかかっている男が調査を逃れるために愛人である彼女に、

金銭もしくはそれに相当するものを預けていないかを調べたかった。それには、男が彼女に渡したと言う金と彼女が貰ったという金がぴったり合うか確かめなくてはいけない。そして、もし可能ならばその男が脱税した金を取り戻したかった。

ところが、彼女には他に四人も逢っている男性がいた。私以外の誰もが彼女に家賃や小遣いを与えていた。おかげで裏打ち調査をする手間が四倍にも増えたというわけだ。

「彼女はちょっとまともやない。何回か会ううちに気がつきました。普通は世間話していたら見えてくるんですよ、その人の人となりってやつが。そいつがどんな趣味があって、何に価値を置いているか。人間なんて単純なものです。自分にとって価値があるものにね、金や時間を注ぎ込むんですよ。それらは限られたものだから、根気良く調べていけばどんな巧妙な嘘をついていたっていつかつじつまは合う。それにぼくらだってね、全部ひっくり返して探すより、だしてもらった方がいいから、自然、口はうまくなるんですよ。でも、彼女はどんなに話しても実体が見えてこなかった。ふわふわふわふわしててね」

嘘も脈絡がなかった。特に自分のことに関しては病的と言ってもよかったそうだ。生い立ちは訊く度に違った。愛人との逢い引きの予定は日記に記されていたが、連れて行ってもらったという店を調べてみると存在していなかったり、心苦しいから金は全額返したと主張を変えたりすることもしょっちゅうだったらしい。無邪気な話しぶりと見た目の可愛らしさに調査員たちはころころと騙された。

　ある日、彼女が洗面所に行っている間に、業を煮やした若い部下が台所の一番高いところにある戸棚を開けてしまった。

「お札の紙吹雪でしたよ」

　乱雑に詰め込まれた大量の紙幣が部屋を舞った。恐らく何百万とあっただろう、と男は言った。気がつくと、飛び交う紙幣の向こうに、洗面所から出てきた彼女が立っていたそうだ。

「戸棚から金が溢れてひらひら飛んでいくのを、窓から吹き込んだ花吹雪でも見るみたいな顔で眺めてましたよ。あの薄笑いはちょっと忘れられない」

　男はそう言うと、背広のポケットに手を伸ばしかけた。無意識に煙草を取ろうとしたのだろう。私の視線に気付いて、代わりにこきこきと肩を回す。

「ああいう子って何も信じてないんでしょうね」

「え？」

「自分の将来も人の情も何も信じてない。永遠もないと知っている。だから道徳とか貞操観念なんてあるはずがない。そんなもの持ってたって仕方ないと思っているんでしょうね。若さや身体を金に換えても当然やと思っているし、その金すらいつか消えると気付いている。今時の若いものは、なんて言いたくないですけどね」

私を見てかすかに笑った。返す言葉が浮かばなかった。では、自分は何を信じているかと言えば何も思いあたらなかったからだ。この先の老後に希望だってない。

「きっと何も怖いもんなんてないんやろなあ」

男はぼそっと呟いた。

けれど、その分、大切なものもきっとない。痛みがないということは喜びもない、感触のない世界に生きるということだ。それは桂子を喪《うしな》って知った。

「もういいですか」と訊くと、「もう少し彼女について思いだしてみて欲しいんです。そして、もし訴える意向がおありなら協力します」と男は言った。

「では来週に。また、ここで」

男はえっという顔をした。「今日は金曜日ですから」と言うと、「ああ、そっか。すんません」と頷いた。「週初めにちょっとややこしいことがあるので、水曜でどうでしょう」

「いいですよ」と微笑む。私には予定なんてない。男はきっと休みも平日もないような仕事一色の生活をしているのだろう。足早に去っていく後ろ姿を眺めながらしばらく茶虎を待ったが、その日は現れなかった。

男の話で思いだすことがあった。

正しくは、ようやく男の話す彼女と私の知っていた「ゆきちゃん」が重なった。紙幣の紙吹雪をぼうっと見つめていたという彼女の顔が脳裏に浮かんだのだ。

彼女にはじめて会ったのは桜の季節だった。藤棚の下で境内の桜をぼんやりと見つめていた。私が通っても、老庭師が話しかけても、だらりと両手を垂らしたままで、桜以外目に入らない様子だった。あまりに儚《はかな》げな姿に良からぬことでも考えてやしないかと不安になっていたが、葉桜になる頃には見かけなくなった。

再び彼女の姿を見たのは初夏の頃だった。今度は新緑の青葉を映したように生き生きとしていた。私がいつもの場所に座って汗を拭いていると、いきなり話しかけてきた。すんなり伸びた白い素足が眩しかった。

猫を探しているのだと言った。飼っていた猫が逃げてしまったのだと。けれど、すぐに嘘だとわかった。私の膝の上で丸まっていた茶虎を抱きあげようとしたり、頭を撫でたりしたからだ。猫は犬と違って頭を撫でても喜ばないし、自分が構って欲しい時以外に構われるのを嫌う。だから、飼い猫は逃げてしまったのかなとも思ったが、彼女は母親が猫を追い出したのだと言った。

「お母さんは過保護でね、猫の毛はわたしの身体に良くないって言うの」と、いかに自分が両親に可愛がられているかということを延々と語った。

ちょうど買ったばかりの琥珀糖を持っていたので勧めてみた。寒天と砂糖を固めた氷の欠片のような菓子を、彼女はピンク色の爪で摘まむと笑い声をあげた。

「なにこれ、きれーい！」

和菓子屋に売っているよ、と言うと目を丸くした。和菓子ってもっさりしたものばかりだと思っていた、と。それから、甘味巡りについてくるようになった。

彼女とは洋菓子屋に行くことが多かった。私は和菓子屋はなるべく早い時間に行くようにしているが、朝に弱い彼女はいつも待ち合わせに遅れたので、一時間ほど待って来ない場合は一人で行った。糯米を蒸す匂いがただよう店内で寡黙に手を動かす職人たちを眺め、あれこれ見繕《つくろ》って包んでもらうと、柔らかい重みを抱えながら急いで寺へ戻った。

遅刻をすると彼女はあれこれと言い訳をした。お姉ちゃんが熱をだした、とか家を出た途端に近所のおばあさんに話しかけられて切りあげられなかった、とか。「あれ、一人っ子って言ってなかった？」と突っ込むと、きゃっきゃっと笑って「ごめんなさい、お姉ちゃんって呼んでるすごく仲良い幼馴染みがいてね。とっても面白い人なの、あのね……」と、とめどなく喋りはじめるのだった。

待てども待てども来ない日もあった。最初は馬鹿にされているのかと思った。時々、怒鳴りつけてやろうかと思うこともあった。いつか去っていかれるのなら嫌われた方がましだと思いつつも、彼女が走ってやってくると気弱な笑みを浮かべてしまった。こんな歩く度にふうふう言う贅肉《ぜいにく》の塊ならば、多少舐められていても致し方ない気もした。

嘘つきなのは知っていた。いつだって感情の赴くまま、自分に都合の良い話をつくっていたのも。けれど、嘘をつく時の彼女は生き生きとしており、いつしか私は今度はどんな言い訳をするのだろうと、可笑しいような困ったような心持ちで彼女を待つようになった。

その嘘も彼女もある日、ぷっつりと消えてしまった。その時もがっかりはしたが寂しさよりは諦めが勝った。彼女の気まぐれさからすれば、当たり前といえば当たり前のことなのだ。

日曜日に彼女の好きだったフルーツパーラーに行ってみた。女性ばかりの明るい店内で私の姿はひどく浮くのか、店員は上から下まで私を眺め回すと、一番奥の席に通した。

この店の苺《いちご》パフェは桂子の好物でもあった。逆三角形のグラスに宝石のような苺がぎっしり詰まっている。一般的なパフェよりも随分小ぶりだが、このくらいの量がちょうどいいのだと言っていた。

「ジャムやコーンフレークや冷凍のスポンジで嵩増《かさ》しされたパフェなんて邪道もいいとこだわ」と、目を細めて食べていた。

果物とフルーツソース、酸味を和らげる濃厚なアイスクリーム、そして甘すぎない生クリーム。とてもシンプルなパフェだ。ゆきちゃんはひらりひらりと長いスプーンを操り、こんもりとした甘い塊を次々と口の中に運んだ。唇の端についた生クリームをちろりと小さな舌で舐め取り、ちょっと目をあげて笑った。いいとこのお嬢さんを装っていたが、食べ方は綺麗な方ではなかった。けれど、零しても音をたてて食べても可愛らしかった。

小さな口にちゅるちゅると吸い込まれていく葛きり、その時に見えた睫毛の影。たっぷりと蜜のかかったホットケーキを頬張る丸い頬っぺた。ほころぶ顔がつぎつぎとよぎった。

一人で食べる苺パフェは変わらず美味しかったけれど、ひんやりと冷たく、するりと喉に流れていって、息苦しいような甘さはなかった。ゆきちゃんとこの店に来た時は店内に溢れるバターと砂糖と果物の甘い匂いに、ゆきちゃんの花のような香水が混じって、むせかえるように甘く感じたのに。

寺を通って帰った。桜の花がひらきはじめていた。

そういえば、桜の話をしたこともあった。ゆきちゃんは膝を抱えて、はじめて見かけた時のような虚ろな目をした。

「桜はちょっと苦手。昔、桜の花びらで首飾りを作ろうとしたの。糸で繋《つな》いでね。すごく綺麗なのができたの。でも一晩たったら、縮んで黒ずんで、汚いけしかすみたいになっちゃった。消えてしまうんだなって思った。なんでも魔法みたいに。膨らんだ幸せな気分も、一瞬で。おいしいお菓子も一緒ね、幸せは一瞬」

「魔法って言えば、人形浄瑠璃って知っている?」

慌ててそう言うと、ゆきちゃんが首を振ったので少しほっとした。そのまま消えてしまいそうだったから。

「人形と三味線と義太夫でやる演劇みたいなものなんだけどね。妻が好きだったんだ。

それにこんな話があったよ。ある絵師の孫娘の雪姫が桜の木に縛りつけられるんだ。刑場に引っ立てられていく夫を助けたくて雪姫は足で散った桜を集めて地面に絵を描く。すると桜の絵は白鼠になってね、雪姫の縄を嚙み千切ってくれる。他の話と同じ人形を使っているはずなのに、その役をやる時は桜吹雪の中で人形がいっそう白く見えるんだ。君はその雪姫に似ているな」

話を逸らしたつもりだった。「人形」と彼女は呟いて、小さく笑った。「人形っていいな」

くるりとこちらを向く。「じゃあ、雪姫って呼んで」と大きな目で見てきた。「姫はちょっと……」と目を逸らすと、「じゃあ、ゆきちゃん」と笑った。

嘘の名前で呼ぶと彼女は喜んだ。男が言った通りだ。きっと、彼女には何も信じるものがなかったのだ。少女のように無邪気で澄んだ声で笑いながらも、時々半ば捨て鉢に生きている風に見える時があった。

みゃあ、という鳴き声に我に返る。いつの間にか茶虎が膝にいた。

ほころびかけた桜を見つめていると、少しずつ身体が軽くなっていく気がした。「そうだ」と、思わず声が洩れていた。首飾りをあげたのだった。桂子の大切にしていたピンクパールの首飾りを。彼女に何か消えないものをあげたいと思った。使ってやって欲しいと言うと、彼女は素直にありがとうと言った。それが彼女を見た最後だった。

「早いですね」

膝の上の茶虎を撫でていると男の声が降ってきた。相変わらず疲れた顔をしている。

「ええ、夜から雨が降るらしいので、早めに来ました。あ、これ、今日の手土産です」

紙袋を男に手渡す。

「甘いものですか、嬉しいな」と、男が金紙に包まれた四角い焼き菓子を取りだし、匂いを嗅ぐ。

「おお、ええ匂い」

「カトルカールにたっぷりのお酒を浸み込ませたブランデーケーキです」

「カトルカール？」

「バター、砂糖、卵、小麦粉を同じ分量だけ使った最もシンプルな焼き菓子です。四分の四という意味ですね」

「単純ですね」

「ええ、でも単純だからこそ難しいんです」

男はまだ匂いを嗅いでいる。茶虎が薄目をあけ、ちょっと首を傾げた。

「何か思いだしましたか？」

菓子を袋にしまうと、男はネクタイを緩めた。

「いいえ、何も」

「本当に？」

頷くと、男は溜め息をついた。

「彼女に腹をたてていないんですか？」

「なぜですか？」

「嘘をつかれていたから」

笑いながら答えた。

「いいえ」

「なんなんでしょうね、みんなそう言いましたわ。彼女はプロですね、金を絞り取って雲隠れしたのに誰も訴える気はないらしい。もっとも、探したってそうそう見つからないでしょうがね。素性なんてどれが本当か自分でもわからなくなるんじゃないかってくらいぐちゃぐちゃに嘘ついてましたよ。芸能人の落とし胤《だね》とか、笑ってしまうような嘘もありました。あんなんじゃ友達なんていないでしょうね。でも、男たちはみんな全てを知るとふっと笑って……」

「いい夢を見させてくれたよって言うのでしょう」

「ええ、まったく」

男は首を振ると、茶虎を見下ろした。

「いいもんですね、そうやって気ままに傍にいられるっていうのは。互いに期待もせず、束縛もない。猫ってやつはそれが許される。でも、きっと大島さんが信頼されているからなんでしょうね。ぼくは無理やろなあ、ぼくから逃げへんのは仕事だけですわ」

そんないいものじゃないさ。臆病なだけだ。本当は連れ帰ってしまいたい気持ちはある、じゃなきゃ膝になんて乗せるものか。けれど、嫌われて、生きものの柔らかな体温を失ってしまうのが怖いから、こうやって息をひそめてじっとしている。たとえ戯《たわむ》れに寄ってこられているのだとしても。

「ひとつ彼女の内緒話を教えましょうか」

男がしゃがみ込んで茶虎に顔を寄せた。すげなく背中を向けられる。

「こいつが羨ましかったって言っていましたよ。小さい頃、彼女の家の向かいに校長先生の家があったみたいで、縁側に座る校長先生の膝は彼女だけの特等席だったそうですよ。けれど、母親にいやらしい、と怒られて傷ついたと。好きやったそうですよ、校長先生が。一番安心できる人だったと言ってました」

「どうして」

「わたしから何も奪おうとしなかった唯一の人だから」

「そう言ったんですか」

「ええ。まあ、嘘かもしれませんがね」

そっと茶虎の背中を撫でる。買い被りだ。そんなことがあるものか。静かに見せて、胸のうちにはいつだって嵐が吹き荒れていたよ。嘘でも傍で笑っていてくれれば、一秒でも長く嘘が続けば、と願いかけては自分の醜さを思いだし、羞恥に身体を熱くさせていた。舌と脳を甘く蕩《とろ》かしていたのは菓子たちではなかった。

「本当はね」と、男がまた口をひらいた。

「ここまで調べなくていいんですよ。愛人の愛人まではね。けどね、ぼくはなんだか気になったんですわ、あの子のあの目を見て。本当に何にもないのかって」

「喋ってばかりいないで、花を見たらどうです？」

話を逸らすと、男は渋い顔をした。

「苦手なんですよ」

「苦手なものが多いですね」

「だって、桜ってのはずるい花じゃないですか。あっという間に消えてしまうくせに人を惹きつける」

満開の桜を男二人で仰ぎ見た。風が唸り、無数の花びらが音もなく流れた。白い泡のように降り注いでくる。暗くなりはじめた空気の中で桜だけが淡く光って見える。

「ああ、本当ですね。すごくて、ずるい」

桜なんて毎年咲くのに、いつだって見る度に目を奪われて、懲りもせず胸に切ないものが込みあげてくる。幸福な夢のような日々がまたぽっと咲くのではないかと期待してしまう。諦めても、諦めても。どんなに身体や心が醜《みにく》く歪んで老いていっても。

春の嵐はいつだって吹き荒れる。

ゆきちゃんは怖いものがないわけじゃない。捨てられない想いがまだあるから彼女も桜が苦手だったのだろう。希望や夢や美しさを恐れてしまううちは、きっと手遅れではない。明日へと続く何かはまだ彼女の中に残っている。そして、春はまたやってくる。

幼い彼女は誰に桜の首飾りをあげようと思ったのだろう。いつか嘘をつかなくてもいい場所が見つかるといい。

「たえて桜のなかりせば春の心はのどけからまし」

呟くと、「えっ」と男がこちらを見た。

「いや、昔の人はうまく言うなと思いまして」

たとえ一瞬で消えてしまうとしても、花がなくては人は生きてはいけない。心騒がすものが心の在りかを教えてくれるのだから。あの嵐はなんと柔らかく私の心を揺さぶったことか。

そうっと腰を浮かせた。斜めになった太股の上で猫はしばらく居心地悪そうにしていたが、やがてぼたりと落ちて一声鳴いた。去りかけて少し離れたところで振り返り、私たちを見つめる。

小さなその影に背を向けた。

「あの、今さら失礼ですが、お名前なんでしたっけ？」

「深山《みやま》です」

「深山さん、その焼き菓子、うちで食べませんか？　嵐がきそうです」

「ええんですか。お言葉に甘えようかな。あ、降ってきましたよ」

冷たいつぶてが頬にあたった。砂利がぽつぽつと黒く染まっていく。

「取りあえずスーパーに避難しましょうか」

「どこです？」

「裏門を出て右手です」

深山さんは今にも走りだしそうだ。

「申し訳ありませんが、私は走れません」

「そう思っているから走れないんですよ。慣れです。それにしても、咲いたばかりやというのに散ってしまうなあ」

「それはそれで散った桜を眺めたらいいんですよ。水溜りの花筏《いかだ》もいいものです」

風の唸りが強くなった。簡単なつまみでも作って、深山さんと呑みながらのんびり嵐が過ぎるのを待とうか。冷蔵庫の中にあるものをざっと思い返す。酒以外ろくなものがない。

スーパーで食材を買って帰ろう。久々に腕を振るおうと思った。

背中

バスを降りると、澄んだ空気に包まれた。

眠気で朦朧《もうろう》としていた頭がほんの少しはっきりする。あくびをしながら大きく息を吸い込む。

昨夜は二時過ぎまでゲームをしてしまったので、テーマパークめいた派手な色彩がまだ視界の端にちかちかと残っている気がする。

空を見上げる。

高く透きとおっていて、雲ひとつない。今日は秋晴れになるのだろう。

ぼんやり空を仰ぐ僕を学生たちが軽い足取りで追い抜いていく。

三年前までは僕も彼らと同じように友達とはしゃぎあったり、時には二日酔いや試験前の徹夜明けでよろめいたりしながらこの道を通っていた。けれど、同じ道を歩いていても昔の僕とは違う。それがわかるのか、学生たちは僕には目もくれない。心持ち距離をあけて歩く。

寝不足でも、疲れていても、学生たちの顔には「今日は何か面白いことがあるんじゃないか」という期待がある。僕には、ない。同じ毎日を繰り返すために、ひとり古びた校門に向かう。むしろ今日一日が何も起きず平穏無事に終わることを祈るくらいだ。

大きな時計のついた煉瓦《れんが》造りの講堂が見えてくると、学生たちの一団と別れて右手に向かう。学舎の間を抜け図書館の裏に回ると、木立に囲まれたコンクリートの建物が現れる。ここは昼間でも薄暗い。夏場はヤブ蚊もすさまじかった。

振り返って図書館を眺める。歴史のあるこの大学は古い建物が多い。どれも荘厳な造りで、図書館の窓枠もアーチを連ねたような今時あまりない装飾的なデザインだ。最上階のステンドグラスが朝日できらきらと輝く。

毎朝、我が職場である総合研究資料館と比べてしまう。資料館と言うと聞こえはいいが、ただの陰気ながらくた置き場だ。僕が働きだしたのは二ケ月前だが、まだ利用した学生を見たことがない。実際、僕も在学中、ここの存在を知らなかった。毎日、誰ひとりとして訪れるものはいない。時折、大学のあちこちの学部からいらなくなった資料や教材が保存のために持ち込まれるくらいだ。それもなぜか僕らが取りに行かなくてはいけない。そして、資料といっても書物ではないことが圧倒的に多い。

館内は広い。異世界に続くような長い廊下に、たくさんの扉が無機質に並んでいる。地下にも部屋があるらしいが、行ったことはない。

この忘れられた館にはありとあらゆる不可解なものが眠っている。その数は四百万点を超えるそうだが、その数字がどのくらいの容量になるのかは見当がつかない。「資料」は小指の先ほどの石ころから、大型哺乳類《ほにゅう》の骨格標本まで多岐にわたるからだ。わかるのは館内にいる生きた人間は僕を含めて二人だけで、その二人で膨大な資料を管理しなくてはいけないということだ。

とはいえ、僕は契約で入ったただのバイトなので、言われたことに従っていればいいのだが、その指示が僕の一日の命運を分ける。

鼠色の廊下を奥に進む。ひとつだけ色の違うドアが管理室だ。その隣に地下へ向かう階段がぽっかり黒い口をあけている。まるで奈落のようだ。

ノックをして、「おはようございます」と声をかけながら入る。返事はいつもないが、声をかけないと後で嫌味を言われる。

上司であり、唯一の職場仲間である一之瀬《いちのせ》さんの影が、部屋の隅の黄ばんだついたてに映っている。流しの前で肘を直角にあげて腕時計を見ている。やがて、急須を持ちあげ、自分の湯呑みに茶を注いだ。きっちりと最後の一滴までだしきってから、頷き、湯呑みを片手についたてから出てくる。自分の椅子に居ずまいを正して座り、茶を一口飲み、銀縁の眼鏡を音が鳴りそうな手さばきで拭き、それからやっと「おはよう」と僕を見る。その間、僕はずっと扉の前に立ち続け、その言葉で呪縛が解かれたように動きだし、自分の机に向かう。

「まず、手を洗ってくれないか。君がこれから触るのは保存すべき学術資料なんだ。土いじりやゴミ出しでもするつもりなのか」

僕は飛びあがり、流しに向かう。その間に一之瀬さんは僕の今日やるべきことを一覧にしたタイムスケジュールを僕の机に置いていく。仕事のほとんどは入力業務だ。部屋の四分の三を占める本棚に資料の目録がぎっしり入っており、それをパソコンに移さなくてはいけないのだ。古いものだと明治や大正の記録になるので、僕は変色した紙をそろそろとめくりながら旧字体の解読に頭を悩ませる。

その間、一之瀬さんは自分の仕事をしている。呼ばれて作業を手伝わされる時以外は朝と終業の挨拶《あいさつ》しか言葉を交わさない。

出だしから注意を受けてしまい気まずかったので、会話を試みてみる。

「あの、今朝は涼しくて気持ち良かったですよね。もう秋ですね」

すれ違いざまに言うと、一之瀬さんは眉間に皺を寄せて顔をあげた。一之瀬さんは顔も背も小さい。低い、ではなく小さいという感じ。アニメの白雪姫にでてきた七人の小人の苦虫顔のやつに似ている。いつもシャツにベストを着て、ぴったり髪を撫でつけている。年齢は正直わからない。四十代から五十代の間だろうか。子どもや奥さんがいる図がまったく想像できない。

「あの、秋は嫌いですか？」

黙られたので慌てて聞くと、「夏よりはましだが、落ち葉が汚らしい」と席についた。

「春もですか」

「私は四季が嫌いだ」

「春なんて」と、一之瀬さんは信じられないという顔で僕を見た。

「空気に花粉やら細菌やらなにもかもが溢れかえって不潔の極みじゃないか。季節なんてずっと冬のままでいい。冬は清潔だよ。大体、気候の変化なんてなくていいんだ、資料の状態が安定しない。もう梅雨なんて最悪だよ、君。虫が湧くわ、黴が生えるわ、湿気を吸うわ」

熱っぽく語る一之瀬さんに「はあ」と気の抜けた返事をすると、小馬鹿にしたように鼻を鳴らされた。一之瀬さんは茶を飲み干すと、立ちあがって白衣をはおった。地面につきそうな裾を翻して僕に背を向ける。

「作業をはじめようか」

促されパソコンをたちあげると、「そうだ」とついたての向こうから一之瀬さんの声がした。

「君、正門の方から来てる？」

「はい」

「銀杏《いちょう》並木が色づいたら、けっして実を踏まないように通勤してくれよ。臭いし汚いから。靴を汚したら靴下で作業をしてもらうからね」

話しかけなければよかったと、僕は心から思った。


昼休みに売店に行きがてら、図書館に寄った。カウンターの中から花田《はなだ》先輩がひらひらと手を振る。

彼女はサークルの先輩だった。在学中に図書館司書の資格を取り、卒業と同時にこの大学で働きはじめた。当時、学生だった僕は大学から出ていくのが当たり前の中で、変わらぬ場所に残った彼女が不思議でならなかった。

しかし、僕は就職が決まらず、院にも進まず、フリーターになってしまった。特にやりたいことも見つからずぶらぶらしていたら、空きができたからここで働かないかと飲み会の時に誘われた。

「短期の契約なら」と、僕は答えた。正直、また大学に戻ったことを周りに知られるのは恥ずかしかった。けれど、せっかくの先輩の厚意を断るのも悪い気がしたのだ。

「はい、お給料ね。ここにサイン頂戴《ちょうだい》」

花田先輩が黒い帳簿を開く。この大学は変なところが古風で、未だにバイトの給料は手渡しだ。

「どう、慣れた？」

ふっくらした顔をほころばせながら僕の手元を覗き込んでくる。

「慣れたも何も感情殺して完全に機械になってやってますよ。あの人とうまくやれる人なんているんですか？　性格歪みまくってますよ」

「今まではいなかったな」

「え？」

「みんな三ヶ月ももたずに辞めるから」

「はあ？　じゃ、なんで僕を行かせたんですか？」

思わず大きな声がでてしまって、隣のカウンターの年配の女性に睨《にら》まれる。

「大体、図書館の仕事だって言ってたじゃないですか」

声を落として言うと、「あそこは図書館の管轄よ」と微笑まれた。この人は昔から何があっても動じない。サークルでのあだ名は「お母さん」だった。肩を落とすと、ぽんぽんと叩かれた。

「それに短期がいいって言っていたじゃない。あそこならサークルの後輩たちにも見つからないし、気にならなくて済むでしょ。いいのよ、辞めたくなったら辞めて。わたしの紹介とか関係なく」

思わず花田先輩を見ると、何でもないように笑っていた。自己嫌悪がわきあがる。僕はいつだってこうだ。煮え切らなくて流されて、結局、人に気を遣わせる。

「それに、わたしは一之瀬さん好きよ。プロ意識が高いし。可愛いところもあるのよ。お酒に弱くってね、お菓子に入っているのでも真っ赤になって寝ちゃうのよ」

あんながらくた置き場でプロ意識か、と思ったが黙っていた。どうせ半年の契約だ。

「花田先輩はどうして大学に残ったんですか？」

茶封筒をポケットに突っ込みながら尋ねてみた。

「ここが好きだから」

「どうして？」

「どうしてって」

花田さんはくすくすと笑った。

「好きに理由なんてないじゃない」

図書館の大階段を小走りで駆け下りて、苦い気分のまま資料館に戻った。扉を開けた途端に一之瀬さんの険しい声が聞こえてきた。

「ですから、そのようなものはここには存在しないと言っているんです」

電話をしているようだった。僕に気付くと背を向けて声を落とした。

「何度電話をいただいても同じことです。たとえそのようなものがあったとしても、使用目的を明らかにしていただけなければ資料をお見せすることはできません」

鋭く言い放つと受話器を戻し、すぐに持ちあげ、目にもとまらぬ速さでボタンを押す。

「今、こちらに繋いだ方を二度と繋がないでください。用件を聞いて、そちらで断っていただきたい。業務妨害です。そうです、タカミネという女性です。お願いします」

まくしたてると電話を切り、苛々した顔で腕時計を見た。

「ああ、まったく時間の無駄だ。さあ、行くよ」

「えっどこに？」

「君は私が作ったタイムスケジュールを読んでないのか。午後からは数理科学研究室に資料を引き取りに行くと書いてあるだろう」

「あっはい、すみません」

一之瀬さんの後ろに従おうとしたら、「手袋！」と金切り声で怒鳴られた。

せかせかと歩く一之瀬さんを必死で追いかけて数学教室に行くと、教壇の横に白いオブジェが山のように積まれていた。その横で教授らしき痩身の男が手持ちぶさたに突っ立っている。

「研究室の使ってない棚からでてきたんだよねぇ」

白い模型たちはいろいろな形状をしていた。砂時計のようなかたちをしていたり、円錐と球体が溶け合っていたり、山脈のような形のものもあった。

「何ですか、これ？　美術品じゃないんですか？」

思わず呟いてしまった。教授はのんびりと、「いや、俺にもわかんないんだよねぇ。でも数式を立体化したものだってのは確かだよ。関数かなあ」と、顎をかいている。

数式を立体化？　わけがわからない。

「とりあえず置いておいたら壊しちゃいそうだし、引き取って欲しいんだよね。かなり昔に発見された数式だろうしさ、もう今使わないし」

ぎょっとして一之瀬さんの顔を見た。ただでさえ機嫌が悪いのだ、こんなゴミ回収業者扱いを受けたら癇癪《かんしゃく》を起こしかねない。

「佐々木《ささき》教授」と、一之瀬さんは静かな声で言った。

「わかる範囲で結構です。番号をふっていきますから、この模型が何を表しているものなのか教えていただけませんか。教授自身がお集めになられたものではないですし、相当前のもののようなので難しいとは思いますが」

プライドを傷つけられたのか、教授が口を尖らす。

「わからないものはないよ。まあ、時間をもらえれば調べられるし」

「お手数かけますが、どうかお願い致します」

一之瀬さんは深々と礼をすると、番号札を巻きつけはじめた。教授が言うことをひとつひとつ丁寧にノートに記していく。唖然《あぜん》とした。僕に対する対応と違いすぎる。

ざっと番号札をつけると、一之瀬さんは模型を見回した。

「これで全部ですか？」

「一応ね」

その言葉に胸を撫で下ろす。各学部が押しつけてくるものはたいていろくなものがない。朽ちた布切れだの、泥の塊に埋もれた陶器だの、虫喰いだらけの木製品や剝製《はくせい》。それらを資料館の作業場に運び、燻蒸《くんじょう》したり消毒したりして記録し、各部屋に収納しなくてはいけないのだ。

ずらりと並んだ資料館の扉を開ければ、部屋の中には独特の世界が整然と広がっている。ある部屋は巻物だらけで、ある部屋は昆虫の標本だらけ。人間の頭蓋骨が集められた部屋もあれば、過去の最先端機器で埋まった部屋もある。白黒写真や春画の部屋、鉱石の部屋、民族衣装の部屋。用途のわからないものもたくさんある。

けれど、どの部屋にも共通するのは整えられた死の匂いが漂っていることだ。研究資料や教材としての役目を終え、時代や人や学問から忘れ去られた遺物たちの冷たい息遣いが押し寄せてくる。時々その気配で息が浅くなる気がするので、一之瀬さんに言われない限りは部屋を覗かない。もっとも、鍵は一之瀬さんが管理しているので勝手には入れないのだが。

ともあれ、今回の資料は壊れても汚れてもおらず、収納は楽そうだった。

「手伝いはいらないね。君、記録が済んだものから、運んでくれる？」

「はい」と元気に答えると、教授が「若いねー」と笑った。一之瀬さんも珍しく口の端で笑っている。

おや、と思いながら模型を持ちあげて、激しく後悔した。石膏でできた模型はどれも腰が抜けそうなくらい重かった。


終業時間の十分前にやっと全てを運び終えた。エレベーターがないので台車を使うわけにもいかず、紐で模型を体に縛りつけ、ふうふう言いながら階段を上り下りした。何度か学生に笑われた。けれど、落として壊してしまったら、きっと血を吐くまでいびられる。


「終わりました！」

数学教室の隣の研究室を覗くと、一之瀬さんはまだ教授と話していた。二人してコーヒーなんか飲んでいる。

「もう帰っていいよ」

入り口に座り込む僕を振り返りもせず言う。結局、一個たりとも手を貸してくれなかった。

「お疲れさまでした」と腹立ちを噛み殺しながら言い、荷物を取りに資料館へ戻った。

夕方の薄青い空気に汗がひいていく。疲れたけれど、日の当たらない管理室で一之瀬さんに見張られながらキーボードを叩いているよりはましだったかな、と思いなおす。

資料館の前でICカードを取りだす。エレベーターもないような古い建物だらけで、どこの学舎の壁にも罅《ひび》が入っているのに、セキュリティだけは最先端なのだ。それなのに、資料館の中の部屋は昔の鍵のままという意味のわからなさ。「予算が足りない」が花田先輩と一之瀬さんの口癖だ。

カードを通そうとした時、資料館の横の木立が揺れた。よく見ると、誰かが立っている。ぎょっとして後ずさると、「あの」と凛とした声が聞こえた。

「総合研究資料館の方ですか?」

まっすぐに近付いてくる。暗がりに白い卵型の顔とシャツが浮かんだ。ぴったりとしたジーンズを穿《は》き、スニーカーなのに僕と変わらないくらい身長がある女性だった。長い髪を後ろで無造作にくくっている。

「はい、一応」

「一応?」と、首を傾げる。僕より少し上だろうか。愛想笑いもけげんな表情も浮かべない。落ち着いている。

「私、昼間にお電話させていただいたタカミネという者です。おわかりになりますか？」

　僕は電話を取らせてもらえないので、と言いかけたが、タカミネという名前に「あ」と口がひらいた。確か一之瀬さんが昼間に電話で怒っていた相手だ。

「思いだしていただけましたか。人の皮の件でお願いに来ました」

「人の皮？」

　タカミネと名乗った女性の口がぴたりと閉じた。

　ややあって「あなたではありませんね、声が違います。焦って早とちりしてしまいました」と、まったく焦りを感じさせない口調で言った。

「すみません。僕はただのバイトなんです。担当者は外してまして」

「そうですか。こちらこそ失礼しました」

　女性は無表情で言う。その顔には失望も軽蔑も浮かんでないが、親しみもない。女の子はにこにこ笑っているか怒っているかで、大抵がやっかいなくらい感情的な生きものだと思っていた。

　どうも調子が狂う。何と言ったらいいか悩んでいると、女性はくるりと背中を向けた。

「出直します」

「ちょっと待ってください」

追いかけると、いきなり振り返った。近い。つるりとなめらかな額が目の前にあって、慌てて顔をのけぞらす。心臓が飛び跳ねた。

「あの、人の皮って何ですか？」

なんとか体勢を整える。女性は背筋をのばしたままだ。

「こちらに人体のなめし皮の標本があると噂《うわさ》で聞いたのです。正しくは刺青《いれずみ》の標本ですが」

「刺青？」

「ええ、戦前からこちらの大学が収集していると聞きました」

「刺青を残すために人の皮を剝いだのか……」

人間の皮。不気味すぎる。顔をしかめる僕に女性は涼しい顔で言った。

「剝いだのは亡くなってからだと思いますよ。ここには大学病院もあるでしょう」

確かにあるけれど、そんなこと医者がやるのだろうか。大体、死んでから剝ぐにしたって野蛮な印象はちっとも薄まらないのだけど。この人、どうしてそんなものを見たいのだろう。

女性はまだまっすぐ僕を見つめていた。やばい感じには見えないのに。いや、むしろけっこう美人の部類だ。

「ここの学生ではないんですよね」

「違います」

じゃあ、研究とか論文目的ではないのだろうか。刺青のコレクターだろうか。けれど、女性はピアスすらしていなかった。案外、そういう趣味の人はピアスなんてぬるいと思ってしないのかもしれない。

理由を聞いていいものか悩んでいると、女性は頭を下げた。

「失礼します」

今度は呼びとめなかった。今、一之瀬さんを呼んでもきっと見せてはくれないだろうから。

姿勢の良い後ろ姿が夕暮れに消えていくのをしばらく見送った。


女性は次の日も来た。

取り次いでくれる人がいないので、資料館の前で昼過ぎくらいから立っていたようだ。外に出た一之瀬さんが苛々した顔で戻ってきたのですぐにわかった。彼女は僕を見かけると軽く頭を下げて、すぐに資料館のドアに目線を戻した。まっすぐ立つ姿は忠犬ハチ公のようだった。

　それから毎日彼女の姿を見かけた。朝だったり、夕方だったり、昼休みだったりと時間は一定しなかったが、毎日必ず来た。一之瀬さんが資料館から出てくると、走り寄り「刺青の標本を見せていただけませんか」と、頭を下げた。

　一之瀬さんは苛立っていても必ず足を止める。なぜか無視はしないのだ。

「そのようなものはここには存在しておりません。あったとしてもここの資料は教育及び研究目的で集められたものです。あなたの使用目的は何ですか？」

「ただ見たいだけです」

「論外ですね」

「そうですか。また、出直します」

　女性は落ち着いた声でそう言う。うなだれるでも、怒るでもなく、しばらく資料館を見つめて立ち尽くす。

　いつも同じ会話だった。何かの儀式かプレイなんじゃないかと思うほどに二人は毎日その会話を繰り返した。よくも飽きないものだと感心するくらいだった。

　一週間が過ぎた頃、僕は帰り際に女性に声をかけてみた。

「あの、こんなこと言うのもなんなんですが、もう諦めたらどうでしょう？」

「どうしてですか？」

「あの人、ものすごく頑固で潔癖なんです。譲りませんよ。それに、ないと言ってますし」

女性は少し口をつぐんだ。

「でも、あるはずなんです。私の知り合いの彫り師がここに売った人がいるって言ってましたから」

「売る？」

「言い方が悪かったですね。検体提供したら謝礼がもらえるそうです」

女性はそっと腕時計を見た。

「ご忠告ありがとうございます。でも、私も頑固ですから。もう、今日は帰ります」

長い髪がさらりと揺れた。姿勢の良い背中。この人はこっそり僕に頼もうともしない、あくまで正攻法でいくつもりなのか。

気がついたら、僕は叫んでいた。

「なんで、そこまで」

「見たいからです」

女性は振り返り、やはりまっすぐに僕を見た。

「青い桜吹雪の刺青を探しているんです。私は、ただ、それを見たいのです」

一旦、言葉をきって、ゆっくりと言った。

「とても」

耳が熱くなるのがわかった。抑えた声音だったが、彼女の言葉の中には激しいものが流れていた。プライベートな部分を覗き見てしまった気がした。

「刺青、見たことある？」

黙っていると、ふいに女性が言った。

「え？　ないですけど……」

「見てみたい？」

まじまじと女性の体を眺めてしまった。どういう意味だろう。

「見る気があるなら、ついてきて」

くるりと背を向け、歩きだす。引き寄せられるように従った。

大股でさっそうと歩く彼女を追いかけながら、途中から敬語がなくなっていたことに気付いてほんの少し足取りが軽くなった。

バスと電車を乗り継いで着いたところは、郊外の普通のマンションだった。隣には田んぼが広がり、稲穂が重そうに揺れていた。タカミネさんの家だろうか。いきなり服を脱がれたりしたら、どう反応したらいいのだろうか。触っていいのか、いや、見るだけだろうな。僕が不埒《ふらち》な妄想で頭を悩ませている横で、タカミネさんはインターホンを押した。

「はい」

野太い男の声が響いて、僕は飛びあがった。

「遅れてすみません、タカミネです」

「ああ、今からだし、大丈夫だ」

金属音が響いて鍵が開いた。タカミネさんがすっと僕の横を通り抜けてマンションに入っていく。

「あの、ここは？」

「知り合いの彫師さんの店。今からお弟子さんに彫るのよ。いつも見せてもらっているの」

「えっ、今から？」

動揺する僕にタカミネさんは涼しい顔で頷く。急に心臓がばくばくしだした。僕は何かの罠にはまってしまったのではないだろうか。部屋に行ったら暴力団とかいて、タカミネさんとの関係を問いただされて、金を巻きあげられたりするのじゃないだろうか。こういうの美人局《つつもたせ》って言うのだったっけ。

「あの、やっぱり……」

呟いた途端にエレベーターの扉が開いた。タカミネさんはすたすたと廊下を歩きだす。もう何も聞こえていない。「文身　彫影」という表札のあるドアをノックして、返事も待たずに入っていく。仕方がないので、意を決して入った。一見、普通の家族用マンションだった。玄関に靴を揃えて、そうっと居間に向かう。

カーテンの閉めきられた部屋だった。驚いて立ち尽くす。壁一面に刺青の写真があった。人の肌と極彩色の絵柄がてらてらと部屋中を彩っていた。圧倒されてしまい、言葉を失う。

「お、ミネちゃん、そいつ誰？　彼氏？」

隣の部屋から声がした。黒い診察台に寝転んだ半裸のモヒカン男が僕を見ている。

「あ、勝手に連れてきてごめんなさい。知り合いの人。彫るところを見学したいって言うから」

台所からタカミネさんの声が聞こえ、もう一人、男が出てきた。男は髭面《ひげづら》に坊主頭で黒い作務衣《さむえ》を着ている。凄みのある外見に似合わぬ穏やかな目で僕を見た。

「あんたも彫るの？」

「いえ、僕はそんな。すみません、いきなり」

「いいよ、ゆっくり見ていきな。わからないことがあったら何でも聞いてくれていいから」

ゆったりとした動きで居間を横切り、診察台の横に座る。袋を破って針を取りだす。ついてきたくせに目を逸らしてしまう。やがて、機械の振動音が聞こえてきた。

顔をあげると、「今は和彫りも機械が多いんだよ」と坊主頭が笑った。そろそろと近付く。部屋は思ったより機械が多くて工房という感じがした。手描きの絵柄が壁を埋め尽くしている。

モヒカンの背中には巨大なガマガエルに乗った派手な鎧《よろい》を着た侍が描かれていた。今日は色を入れていっているようだった。色とりどりのインク瓶が並んでいる。彫りながら透明の軟膏をすりこんでいく。

「血あんまりでないんですね。それに、そんなに痛くなさそうだ」

「そうだな。でも、痛いことは痛いよ。まあ、筋彫りよりはましだけど。ミネちゃんの前だから我慢しているだけだろ。ほら、汗かいてるだろ」

「ばれたか」と、タトゥー雑誌をめくっていたモヒカンが笑う。背中にふつふつと汗の玉が浮いている。

「筋彫りって何ですか？」

「絵の主線の部分、ここどか太いだろ。深く彫るんだよ。男はぎゃあぎゃあ騒ぐ奴いるね。でも、女は強いよ、彫られながら寝る奴いるからね」

坊主頭は気さくに話してくれた。よく見ると僕と歳も変わらなそうだ。

「あの、いつからやっているんですか？」

「高校出てから弟子入りしたし、もう八年かな。独立したのは三年前だ」

僕と二つしか変わらない。それでもう店とか弟子とか持っているのか。ちらりとタカミネさんを窺うと、診察台の横にしゃがんで一心に針の先を見つめている。時々、壁に張られた写真も眺める。

「見つかったか、青い桜吹雪」

「まだ」と、タカミネさんが首を横に振る。なんだか心細げで子どもみたいに見えた。

「青い桜吹雪って何ですか？」

僕が尋ねると、坊主頭が少し手を止めた。

「昔にさ、ちょっと変わった彫師がいてさ、そいつの作品のこと。墨しか使わないんだ。だからそいつの作品は青一色になるんだよ。墨ってな、人体に入ると青くなるんだよ」

「そ、普通、桜とか雲とか波とかって背景にしか使わないんだ、見切りって言うんだが。それに、桜にはたいてい色を入れる。テレビで遠山の金さんとか見たことねえか、鮮やかだろう。けど、そいつの作品は背中一面、墨一色の桜だけなんだよ。墨一色で色をだすのは相当の腕がいる。俺も噂でしか聞いたことがない。ミネちゃんはそれを探している。だよな?」

また子どもみたいにタカミネさんが頷いた。頬が殺菌灯の青い光でぼんやりと照らされていた。

途中、坊主頭は休憩を入れた。タカミネさんは玄関脇のモヒカンの作業場に行った。モヒカンは同じテナントでタトゥー屋をやっているらしい。

「俺はワンポイントはしないからな」と、坊主頭が機械を拭きながら言った。

「どうしてですか?」

「どうしてって、俺はタトゥーが格好いいとは思わないしな。自分がいいと思わないことはできないだろ。あんた、女みたいだな。女はけっこう意味をもたせようとするんだよ、彫るものに。男が彫る理由は単純だ、格好いいから、それだけ」

僕は恥ずかしくなって俯いた。

「あの、タカミネさんはその青い桜吹雪を見たらどうするつもりなんですかね？」

「まあ、普通に考えたら彫るんじゃないか」

「女性なのに背中一面に？」

「まあ、少ないけどいることはいるしな」

坊主頭は手を止めると、伸びをした。

「でも、俺はあまりしたくないけどな、今のミネちゃんには。似合う人が彫って欲しい、見た目じゃなくて、中身な。もっとしっかりした人がいいんだ。でかいからさ、和彫りって。やっぱ偏見とかあるしさ、そういうのを引き受けても、ちゃんと立って生きていける奴に彫りたいんだよ」

「タカミネさん、しっかりしているじゃないですか」

「どうかな。和彫りって背中だと三ヶ月とかかかんだよ。その間、お客さんと毎週、一対一で語り合うんだ。体をゆだねるから深い話にもなる。俺は人間のいろんな部分、けっこう見てきたからなあ。人は見た目とは違うよ」

二人の声が近付いてきて、坊主頭は黙った。

「お前ちゃんと練習しろよ」と、部屋に入ってきたモヒカンの脚を指しながら笑う。ハーフパンツから突きでたふくらはぎは彫りかけの絵でいっぱいだった。

この人たちが変に尖ってなくて寛容で堂々としているのは、自分がやりたいことについてまわる世間の目をちゃんと引き受けているからなのだ。そして、タカミネさんも。だから、拒否されてもいちいち傷つかないし、声高に意見を押しつけたりもしない。自分は自分だとしっかり知っている。

今日の分の彫りが終わると、タカミネさんはさっさと帰ってしまった。

家に帰っても、傷口と墨の匂いが鼻の奥に残っている気がした。目をつぶるとタカミネさんの白い首筋が蘇り、その晩はなかなか寝つけなかった。


その後もタカミネさんの資料館詣《もう》では続いた。一之瀬さんも頑として聞き入れず、永遠に平行線のままに思えた。

「今日は終わるまで帰らないから、君は時間がきたら帰ってくれ」

ある日、一之瀬さんは壁の鍵棚を開けながらそう言った。下段にぶらさがった古びた鍵束を手に取る。地下の鍵だった。一之瀬さんは僕をけっして地下には連れていかない。

工具箱やラベルが入っている戸棚を開け、瓶《びん》や布を取りだしている。

「下で何をするんですか？」

「皮に油を塗るんだよ。時々そうやって手入れをしないといけない」

耳を疑った。

「まさか、本当はあるんですか人の皮」

一之瀬さんは立ちあがった。

「だとしたら？」

何が悪いという顔をしていた。さあっと血が逆流する気がした。

「ひどいじゃないですか。どうしてないなんて言うんですか」

「そう決められている。人間の皮膚だからといって他の動物と本質的な違いがあるわけじゃない、毛が少ないというだけだ。それなのに人は人間の体を研究材料にすることに特別な意識を持ちすぎる。倫理観を問うたり、嫌悪感を持ったり。過剰な好奇心を向けられたりするのは迷惑だ。学術資料は玩具ではない、悪い評判がたつと困る。だから特別な理由がない限りは公開しない」

「でも、彼女は……」

「学術目的なのか？」

「え？」

「学術目的ならば、どこかの学部の許可をもらってこいと伝えてくれ」

「いえ、でも……だって、あんなに」

「聞く気はない」

一之瀬さんは鍵をポケットに入れた。「その必要も感じない」と、ドアに向かう。

一心に刺青を見つめるタカミネさんの横顔を思いだした。毎日、同じ顔で資料館の入り口を見つめている。彼女はただ見たい、と言った。理由はわからない。けれど、そこまでする何かがきっとあるはずなのに。それくらいわかるだろうに。

「あんたはひどい」

一之瀬さんが振り返る。目を冷たく細めている。

「あんたは傲慢だ。自分の城でいい気になっているだけだ。けど、こんなところ誰も来ない。誰も必要としていないじゃないか。本当はそれに気付いているけど、自尊心が許さないんだろう。だから、出し惜しみして自分の仕事に価値を持たせようとしているだけだ」

言ってしまって血の気がひいた。もう終わりだ、と思った。

「以上か」

一之瀬さんが淡々とした声で言った。その静けさが恐ろしかった。

「意見があるようなので聞かせてもらった。私をどう思おうが構わないが、君はひとつ間違っている。この仕事の価値は私たちが決めることではない。それが決まるのは、ここの資料が研究の役に立った時だ。その日が来ないとしても、その日まで何もおろそかにしないで記録し保存し続けるのが私の仕事だ」

そう言うと、部屋を出ていった。何も返す言葉がなかった。間違ってはいない。間違ってはいないが、僕は嫌だ。

資料館を走り出た。木立の中でタカミネさんが顔をあげた。

「研究目的だと言ってください。何か理由をでっちあげてください」

タカミネさんはきっぱりと首を横に振った。

「嘘はつかない。私は見たい、ただ、見たいだけなの。それだけでなぜいけないのかわからないし、その理由が劣るとは思えないから」

「だったら」と、僕は言った。

「三日間、来ないでください。僕がなんとかします」

次の日、いつもより一本早いバスに乗った。管理室のドアをあけると、一之瀬さんは湯を沸かしているところだった。

いつもと同じぶっきらぼうな調子で「早いな」と、振り返らず呟く。

「昨日はすみませんでした」と頭を下げると、一之瀬さんは湯冷ましをしながら「彼女、今朝はいなかったな」とだけ言った。後はいつも通りだった。

約束通り、三日間タカミネさんは現れなかった。一之瀬さんはもう彼女の存在を忘れてしまったのか何も言わなかった。経済学部から引き取った東洋貨幣の記録と、それを収納していた特製キャビネットの修理に追われていた。

一之瀬さんはほとんどのことを自分でした。時折、業者を呼んで機器や空調の整備を頼むことはあったが、基本的には試行錯誤しながら我流であらゆる資料の整備をしているようだった。手先は恐ろしく器用だった。

四日目の朝、僕はいつもより一時間早く行き、管理室の前で待った。一之瀬さんは僕を見て一瞬驚いた顔をしたが、いつものように鍵を開けると背広を脱ぎ、鍵束を白衣のポケットに入れた。

「せっかく早く来たので、僕がお茶でも淹れましょうか」

一之瀬さんはけげんな表情を浮かべた。

「覚えてますか、毎日来ていた例の彼女、昨日帰り道で会ったんです。迷惑をかけたお礼にって紅茶をくれました。もう諦めたそうですよ」

「そうか。じゃあ、いただくか」

このためにわざわざ丸い紅茶用ポットまで買った。僕はネットで調べた通りに丁寧に紅茶を淹れた。そして、一之瀬さんのカップにブランデーを入れた。

「えらく香るな」

「紅茶ですからね」

一之瀬さんはわずかに眉間に皺を寄せたが、紅茶を飲み干した。

各々の作業を開始して十分後、「すまない」という声が後ろから聞こえた。

振り返ってぎょっとした。一之瀬さんは首まで真っ赤になっていた。

「ひどく具合が悪いので医務室に行かせてもらう。君はスケジュール通りに作業を続けていてくれ」

「あの、襟元を緩めたほうが……」

「あ、ああ」

「白衣も脱いだほうがいいですよ」

「そうだな」

一之瀬さんが出ていくと、僕は白衣のポケットから鍵束を取りだし、壁の鍵棚に飛びついた。震える指で鍵をひとつひとつ試していく。三つめで鍵は開いた。周りを窺いながら棚を開き、一番下の段の錆《さび》の浮いた鍵束を摑むと、タカミネさんに電話をした。

電気をつけると気付かれるおそれがあったので、懐中電灯で照らしながら階段を下りた。ずらっと並んだドアには「医学部門」というラベルが貼ってあった。嫌な予感は的中し、扉を開ける度に僕は悲鳴を押し殺さなければならなかった。

本物の人骨らしき古い骨格標本、蠟《ろう》でできた解剖模型、奇病の写真、昔の医療器具、本物らしきミイラまであった。ホルマリン漬けの脳には各分野で傑出した人々の名前が記されていた。奇形の胎児の標本が一面に並べられた部屋を開けた時はさすがに言葉を失った。一之瀬さんが見せまいとした気持ちが少しわかった。頭ではわかっていても感情がついていかない、そういう資料で地下は溢れていた。

タカミネさんは相変わらず落ち着いていた。懐中電灯で照らされた横顔は白く、僕はだんだん不気味な標本よりも隣で黙ったまま暗闇に目をこらす女が恐ろしくなってきた。

その時、「あ」と部屋を覗き込んだタカミネさんが声をあげた。室内に手を伸ばし、ぱちりと電気をつける。

降りそそぐ白い光にたくさんの大きな黒縁の額が照らしだされた。その中には龍や虎に牡丹《ぼたん》、天神、鎧武者といった極彩色の雄々しい絵があった。けれど、描かれているのは紙ではなく剝ぎとられた黄色い皮で、剝いだ部分は人間の背中と腕と太股なのだとすぐにわかった。部屋の奥にはトルソーも並んでいて、服をまとうように縫い合わされた皮が貼りつけられていた。

入るのがためらわれた。そんな僕の横で、タカミネさんは一点を見つめていた。

奥に一体だけ、青一色の標本があった。ほかのものに比べて皮膚の黄ばみが少ない。刺青はまだ艶《つや》のある深い藍色をしていて、ほかの標本のように黒っぽくはなっていなかった。

青い桜が舞っていた。こんなに生々しい桜を見たのははじめてだった。歪んでいて、それでも、美しかった。

ふらふらとタカミネさんは近付いていった。

額の前で刺青を見上げたまま膝をついた。唇が震えて、涙が床に散った。何か呟いていた。手はかつてあったであろう何かを求めるようにさまよっていた。

僕は目を逸らし、扉を閉めた。

恋人だったのだろうか。そう思った瞬間、胸がちくりと痛んだ。

それから何もかもどうでもいい気分になった。管理室に戻ると、僕は鍵束を放り机に足を載せて天井を見上げた。

タカミネさんは昼過ぎまで出てこなかった。一之瀬さんも帰ってこなかった。

門まで送っていくと言って、タカミネさんと銀杏並木を歩いた。実を踏むなと言われたことを思いだしたが、構わず踏み潰した。透明な日差しが銀杏を金色に輝かせていた。

「いろいろ想像している？」

腫れた目を手の甲で押さえながらタカミネさんが言った。僕は黙って頷いた。

「あれ……お父さんなの、多分」

「え？」

「すごく小さい頃ね、一年に一回か二回、男の人が訪ねてきたの。いつも嬉しそうに私を抱きしめて、それから、お母さんと長い間二人で部屋に閉じこもってしまった。その日はお母さんすごく綺麗だった、女の顔をしていた。女の子って小さくてもそういうの敏感なのよ」

靴の先で銀杏の実を軽く蹴る。スニーカーはいつの間にかショートブーツになっていた。

「一度ね、こっそり押し入れに隠れたの。お母さんの悲鳴みたいな笑い声みたいな声が聞こえて、そうっと押し入れを開くと、隙間から青い桜が吹き乱れる背中が見えたわ。お母さんの白い腕がそれを撫でていた。桜の中で踊っているみたいだった。強烈でね、忘れられなくて」

淡々と話す。時々、小さく息を吐く。

「でも、お母さんに言ったらすごい剣幕で怒ってね、そんなものはないって。誰に聞いても青い桜吹雪なんてないって言うの。でも、私はどうしてももう一度見たかった。ずっと、もうどうしようもないくらいに恋い焦がれていたの」

何と言っていいかわからなかった。切実さだけは痛いくらいに伝わってきた。

「今年の夏に母が亡くなって、もうあの青い桜吹雪を知る人が私だけになったのかと思うと堪《たま》らなくなった。存在しているんだって確かめたかった。そうしないと自分が消えてしまう気がして。変な話でしょう」

僕は首を振った。タカミネさんは足を止めた。

「ありがとう」

「もう、いいんですか」

「もう、いいわ。ちゃんとあったから、もう、それで。本当にありがとう」

何か気の利いたことを言いたかった。「どういたしまして」とかではなくて。もっと、何か。

「あの」と、僕はタカミネさんの前に回り込んだ。

「また会えませんか」

「私のこと、変な女だと思わないの？」

「思います、でも」

でも、何なのだろう。とにかく、これで終わりにはしたくなかった。

「タカミネさんが同じ桜を身に刻んだとしても、僕は気にしません」

タカミネさんは僕をじっと見つめて、はじめて笑った。

「いいわ。また、会いましょう」

花が咲くようだと思った。

夕方、花田先輩が戸締まりをしにやってきた。

「一之瀬さん、帰ってしまったのよ。こんなこと、はじめて」

「僕、辞めさせられるでしょうね」

「どうして、気に入られているのに」

花田先輩がからかうようにくすくす笑う。

「まさか、冗談きついですよ」

「本当よ。だって、一之瀬さん、あなたを地下の部屋には連れていかないでしょう。あそこには学問のタブーが眠っているの。学問にそういうものは不可欠なのだけど、さすがにグロテスクだから、あそこ見ちゃうとみんな気味悪がって辞めちゃうのよ」

「僕、見ましたよ」

「あら、勝手に？　怒られるわよ」

「だから辞めさせられるって言ったでしょう」

「どうかしら」

花田先輩はふふと鼻で笑って、机の上に投げだされた一之瀬さんの白衣をたたんだ。

次の日、一之瀬さんはやつれた顔をしつつも時間通りに来た。首筋には赤い斑点が見えた。罪悪感がわきおこり、僕は一之瀬さんがタイムスケジュールをプリントする前に彼の机の横に立った。

「あの、ひとつ謝ることがあります」

「謝る必要があるのは早退した私であって、君ではないと思うが」

「そのことなんです。実は……」

一之瀬さんは立ちあがり、白衣をはおった。目の前で白い布がばさばさと音をたてる。

「今日は忙しいぞ、昔の卒業生から戦前のポスターが大量に寄贈された」

スケジュール表を手渡してくる。

「待ってください」

「君は研究が何のためにあるかわかるか」

「は?」

「全ての研究は人を救うためにあるんだ。誰かの幸せのためだ。その手助けに繋がると信じて私は毎日この仕事をしている。君も自分が信じることに従え」

大きすぎる白衣をなびかせながら歩きだす。

「何をぼさっとしているんだ!」

怒鳴り声がわざとらしく聞こえて、少し笑ってしまった。

せかせかと歩く小さな背中を追いかける。その後ろ姿を僕は嫌いじゃないなと思った。

樺の秘色

幽霊など見たことはなかった。

だから、それを幽霊と言っていいのかわからなかったが、少なくとも私にしか見えないもののようではあった。

それは少女のかたちをしていた。いかにも娘盛りといった華やかさを放っている日もあれば、思春期に入りたての尖った目つきをしている日もあった。そうかと思えば、ぼわぼわとして輪郭すら見定められない日もあった。

けれど、いつも同じ少女であることは間違いなかった。

服はよく見えない。着物だったり、丈の長いワンピースだったり、もんぺのようなものを穿いていたりするように見える。どれも時代を感じさせるものなので、どうも幽霊くさいと思った。

恐ろしさを感じることはなかった。

鳥肌がたつことも背筋が凍りつくこともない。金縛りらしきものもない。ふと庭に目を遣ると、少女はいつの間にか古ぼけた切り株の横にひっそりと佇んでいる。

透ける目は私をうつしてはいない。

少女のまわりではいつも何かがちらついている。ちらつきが激しくなると少女の姿はぼやけた。映りの悪いブラウン管テレビのようだった。ちらつきはどんどん増していく。そして、今にもジジッという音が聞こえてきそうなほど乱れた瞬間に少女の姿はかき消えてしまう。

残像すらなく、ふっつりと。

縁側へと続くガラス戸を開けた瞬間に、ちゃぶ台の上に置いていた携帯が震えた。ちゃぶ台を豪快に揺らしながら這いまわる。縁から落ちかけたところを畳に膝をついて摑む。

着信は母からだった。座り込んで耳にあてる。畳は少しざらついていた。

「咲《さき》、どこにいるの？　ちょっと車使いたいんだけど」

「おばあちゃん家《ち》」

庭を眺めながら答える。新緑の葉が輝いていた。古い家にこもっていた黴臭い空気を押しやるように、みずみずしい植物の匂いと鳥のさえずりが流れ込んでくる。

「また行っているの？　おばあちゃんが生きていた頃は寄りつきもしなかったくせに」

立ちあがり、奥の間へと続く襖《ふすま》を引く。空っぽの仏壇と床の間が暗い。祖母が生きていた頃は、壁の上部にずらりと先祖や祖父の写真が並べられていたが、それももうない。

小さい頃は額縁の中からこちらを見つめる白黒の人間たちが怖くてたまらなかった。まだ生きていた祖母も写真と変わらないように幼い私には思えた。祖母はいつも灰色の髪をきっちりと結い、地味な着物姿で背筋を伸ばしていた。笑い声を聞いたことがない。色のない、それこそ石や氷を連想させる冷たい雰囲気の人だった。

「でも、たまには空気の入れ替えしないと。この家木造だし、庭の水はけもよくないでしょ」

「まあ、そうだけど」と、母は言葉を濁した。母も内心では祖母のことが苦手だったのは知っている。

祖母が亡くなったのは二年前だ。最低三年はこの家を他人に貸したりしないで欲しい、というのが祖母の唯一の遺言だった。この二年の間に少しずつ祖母の持ち物は整理されていたが、人が住まなくなってから庭も家も目にみえて荒れてきてはいた。

「なに？　車、買い物に使うの？」

「そう、三時くらいに麻里《まり》たちが来るって言うから、ケーキでも買いに行きたいんだけど。ほら、孝文《たかふみ》さん甘いもの好きじゃない」

子どもを産んだばかりの姉は、週末になるとしょっちゅう実家に帰ってくる。もちろん両親が歓迎しないはずはない。私は交代で赤ちゃんを抱く両親と姉のかたわらで、所在なげに微笑みを浮かべる孝文さんの顔を思い浮かべた。

「わかった、もう少ししたら帰る。途中で何か買ってくよ」

「そう？　じゃあ、お願いするわ。あと、ついでにスーパーに寄ってもらっていい？」

あれこれと増えていく母の依頼を、メモも取らずに「はいはい」と適当に流す。どうせいくつか忘れても気がつかないだろう。最後に「ケーキはなんでもいいからね」と母は言い、電話が切れた。

なんでもいいです、といつも孝文さんは言うけれど、本当はモンブランが好きなことを私は知っている。特に渋皮入りの栗ペーストを好んでいることも。

縁側にでて、庭の隅で雑草に埋もれかけた切り株を見つめた。幽霊は現れなかった。まだ明るすぎるのかもしれない。鳥たちのはばたきが葉を揺らした。

拭き掃除でもしようと思ったが、どうも落ち着かなかったので、ガラス戸を閉めて裏口からガレージに向かった。

一旦車を門の前に停め、ガレージのシャッターを閉めに車を降りると、垣根の横に男の人が立っているのが見えた。大きな背中を丸めて庭を覗き込んでいる。ちょうど幽霊の切り株の辺りだ。

錆《さび》の浮いたシャッターに手をかけ、男を見つめながらわざと力いっぱいに降ろした。ガシャンと地面に当たったシャッターが大きな音をたてる。足に赤錆の欠片が散った感触があった。

男はぽかんと口をあけたままこちらをふり向いた。背は高そうだが、肩幅ががっしりしすぎているせいか脚が短く見える。まだ梅雨前だというのによく日に焼けている。男は私と目が合うと歯を見せて笑った。くったくのない笑顔だった。よれたトレーナーにところどころ破れたジーンズ。時々土地を売ってくれと言ってくる不動産屋の人には見えない。近所の人だろうか。

軽く会釈をして、車に乗り込んだ。バックミラーで男の姿を確認しながら発進させた。

男は角を曲がるまでずっとこちらを見ていた。

次の週も祖母の家に行った。

拭き掃除を終え、縁側に座って木漏れ日に目を細めた。街中から外れたこの古い住宅街はとても静かだ。

「咲ちゃん、最近描いたイラストないの？」

先週、私の選んだ和栗のモンブランに目を細めながら孝文さんは言った。姉夫婦はよくうちには来ていたが、私が会ったのは三ヶ月ぶりだった。

「実は絵を描くのやめたんです」

「えー、なんで！」と、赤ん坊をあやしていた姉が声をあげた。

「まあ、やっぱり食べていけないし。そろそろ定職に就いた方がいいかなって思って、今は派遣だけど会社通いしているよ」

「あんたＯＬ服なんて持ってるの？」

姉は相変わらず変なところに食いついてくる。

「会社、制服だから」と答え、洋梨のシブーストを口に運ぶ。やっぱりこの店のケーキは美味しい。

「まあ、でも私らは安心したわよ。二十七にもなろうっていうのに、アルバイト暮らしで実家にいられてもねえ」

「咲はのんびりしてるからねえ」

「でも根は頑固よね」

母と姉が話すのを横目で見ながら紅茶をひとくち飲んだ。ぬるくて、香りがちっともでていない。やっぱり私が淹れればよかった。

「だから、珍しく日曜日なのに家にいるんだね」

孝文さんがゆったりと言った。繊細そうな細い指でフォークを操りながら。

「でも、会社勤めをしながらでも描いてみたらいいのに。そんなきっぱりやめてしまわなくても。もったいないよ。咲ちゃんのイラスト、僕は好きだけどなあ。特に色合いが」

紅茶を飲みほして、「ありがとうございます」と呟いた。孝文さんは変わらず目を細めていた。父親になったというのに、昔とちっとも変わらない。

姉と孝文さんは長い付き合いだったので、私が高校生の頃からよくうちに遊びに来ていた。もの静かな人で、高校の頃は美術部だったと言っていた。昔はよく美術館に連れていってくれた。すぐに飽きて長椅子に座り込んでしまう姉を気遣いながら、ぽつぽつと絵の説明をしてくれた。

私も絵を描くのは好きだった。小さい頃からずっと。無事、第一志望の美大に合格すると、作品を描きためてはカフェや小さなギャラリーなどで展示をした。ポストカードを売ったり、友人の店のDMを作ったりするうちに、雑誌や広告の小さな仕事が入ってくるようになった。

仕事が入ったら部屋に閉じこもり、まったくない時はバイトで食いつなぎ、不安定な暮らしだったけれど満たされていた。どんなにしんどくても描いている時は嘘偽りのない自分を確認できたから。

けれど、もう描けない。いや、描かない方がいいのだ。

孝文さんはそれ以上は何も言わなかった。姉の子どもがぐずりだし、話題は私からそれた。

縁側の、飴色になった床板に手の甲で触れる。やはり、休みの日は家にいるよりここに来ている方が気が楽だ。描かないと、こんなにも時間が余るものだとは知らなかった。

ため息をついて、庭を見た。

少女がいた。

だしかけた声を飲み込む。思わず息もひそめてしまう。音をたてたら消えてしまう気がして。

もやもやとした体の向こうに垣根が透けて見えた。まだ、かたちが定まっていない。

少女の目をじっと覗き込んだ。少女は唇を結んで生真面目な顔をしているように見えた。だが、その目はやはり何も見てはいなかった。

最初に見た時は驚いた。祖母が亡くなって四十九日の法要の時だった。そういえば、姉たちの結婚が決まった頃だった。親戚たちが喜び騒ぐ中、私はぼんやり庭を眺めていた。すると、少女が現れたのだ。

さすがにその時は何も言えず、しばらくたってから母と姉に「おばあちゃんの家って変なもの見えない？」と聞いてみたが、「やめてよ」と笑われた。この家で生まれ育った父も首をふった。

「そんなふざけたこと言っていたら怒られるぞ」と、言われた。

祖母は冗談を解さない厳格な人だった。兄弟全員が違う乳母に育てられたというくらい名家の生まれだったそうで気位も高かった。姿勢を悪くしていると背中に定規を入れられるし、箸の持ち方や食べ方ひとつひとつに注意をしてくるので、私たち姉妹は祖母の家に来るといつも緊張してお腹が痛くなった。祖父は祖母とは歳が随分離れており、私が生まれる前に亡くなったので写真でしか顔を知らない。幽霊の少女の顔には見覚えがない。一体、あの少女は誰なのだろう。

その時、誰かが垣根の向こうで立ち止まる気配がした。隙間からこっちを覗いているようだ。

立ちあがって見ると、先週の男だった。「あの」と叫ぶと、ひょいと顔をあげ、手をひらひらとふり、何もなかったように歩いていく。

玄関にまわり靴をひっかけて外に出たが、もう道に男の姿は見当たらなかった。

庭に戻ってくると少女は消えていた。


それから、一ヶ月ほど男は姿を現さなかった。

梅雨も間近にせまり庭の若々しい緑が濃さを増してきた頃、男は再び現れた。上半身がすっぽり隠れてしまうほど大きなリュックを背負って垣根の横に立っていた。

ちょうどガレージから車をだしていた私は慌ててバックさせて、道に飛びだした。

「あの、あなた、この間から何しているんですか？」

早足で近付いていくと、男がふり返った。首に年季の入ったカメラを下げている。怪しい。

「あ、俺、カメラマンなんです。なんでもやるけど専門は風景です」

「そんなこと、聞いていません」

「でも目がそのカメラは何って言っていたし」

にこにこと笑う。態勢を立て直すために一息ついて、男を見上げた。私より頭二つ分はでかい。体もぶ厚い。無精髭だらけで、山から下りてきた熊みたいだ。

「そう、山から下りてきたばかりなんですよ。だから、一週間風呂入ってなくて」

ニット帽を脱ぎ、ぼりぼりと頭をかく。読心術でも使えるのだろうか。動揺を気取られないようにゆっくりと言った。

「それも聞いていません。この間からなんでうちを覗いているのかと聞いているんです」

ぱらぱらと降ってくるフケを避けながら男を睨みつけた。男は頭皮をかいた指先をちょっと嗅いで、「ああ」と間抜けな声をあげた。

「立ち話もなんですから中入りません?」

「は?」

「あーでも、腹減ったな。常盤《ときわ》行きましょう」

「常盤?」

「知りません? ちょっと行ったとこにあるうどん屋。おいしいですよ、手打ちで。

奢《おご》ってください。手持ちの金つかいはたしちゃって」

そこでやっと怒りが驚きに勝った。

「なんで私が！」と叫び、きびすを返した。

「だって、あなた、あの幽霊が見えるんでしょう」

呑気な声だった。ふり返ると、男はニット帽を被り直していた。

「やっぱり。じゃあ、行きましょう、常盤。キヌさんも好きだったんですよ」

男は笑いながらさらりと祖母の名を口にした。

差し向かいで座り、男がすごい勢いでカレーうどんと天丼をかき込んでいくのを眺めた。まったく、なんて食い合わせだ。

「あの、祖母とはどういう」

食べながらもまだ物欲しそうに店内を見回す男に言った。このがさつそうな男と生真面目な祖母の接点がまるで見いだせない。

「だし巻きも食べていいですか？」

人の話を聞いていない。諦めて頷くと、男は店のおばちゃんににこやかに声をかけた。男が麺《めん》をすする度に飛んでくるカレー汁を避けるため、少し横に移動する。

「あなたにも見えるんですか、あの女の子が」

男は少し顔をあげた。黒くはっきりとした目をしていた。伸び放題の髭でよくわからなかったが、もしかしたら私より年下なのかもしれない。

「私にしか見えないみたいなんです。うちの家族にも見えない。なのに、なんであなたには見えるんですか？　祖母とはどういう関係だったんです？」

「食わないんですか、のびちゃいますよ」

口をひらきかけると男が笑った。ほら早く、というように大きな手で割り箸を手渡してくる。

仕方がないので、うどんを一本すすった。

「おいしい」

麺は細めなのにしっかりと弾力があった。澄んだだし汁も芳ばしい。男は「でしょう」と、にこにこ頷く。

しばらくうどんに夢中になっていると、男が話しだした。

「キヌさんは俺のばあちゃんの親友だったんです。で、ほら、キヌさん書道やっていたでしょう。何かの書道展で賞とった時に撮影お願いされて。その時、俺、キヌさんの字にすっかり惚《ほ》れこんじゃって、凛としているのになんかすごく色っぽくて。それでたまに遊びに行くようになったんです、あの家に」

　確かに祖母は書道をやっていた、週に二回ほど生徒もとっていた。けれど、白と黒だけで色のない書の世界は私にはとっつきにくく感じられた。墨汁の冷たい匂いは祖母によく似合っていた。

「すごいですね。私には祖母が何の字を書いているのかさえわかりませんでしたよ、達筆すぎて」

「俺も読めませんでした」

「なのに色気があるって言うんですか？」

呆れた私に、男は当然という顔で「はい」と頷いた。

「読むのと感じるのは違うでしょう。字ってもともともののかたちからできているんだから、絵みたいなものでもあるでしょう。絵を考えて見ますか？」

黙っていると男は私を覗き込んできた。

「なんです？」

　身をひく。

「血をひいたんですね」

「え」

「あなた、咲さん、でしょう?」

「そうですけど……」

「絵描きさんなんですよね」

「いえ、イラストレーターです」

「キヌさんの絵心をひいたんですね。キヌさん、よく、あなたの話をしていました。絵のうまい孫がいて、美大の卒業展は丘の上の美術館でやったんだって。そこで賞ももらったって何度も聞かされたなあ。お気に入りだったんだよ」

「まさか」

目を逸らして笑った。祖母に優しい言葉をかけてもらったことすらないのに。手製の年賀状や誕生日カードは送っていたが、それだって感想すら言ってもらったことはない。卒業展に来てくれたことも知らなかった。

「でも、もう絵はやめましたから」

そう言った瞬間に、「はいっお待たせ」とだし巻き卵の四角い皿が置かれた。「どうして」と言いながらも男はすかさず箸を伸ばす。「ほらほら、あったかいうちに」と私にも勧める。

淡い黄色の塊に箸をつける。優しい色。あたたかく柔らかい舌触り。孝文さんが好んだ色の感じ。パウル・クレーの展示がある度に誘ってくれた。孝文さんにはあの無垢な絵がよく似合っていた。なぜかクレーを見に行った日はよく小雨が降り、孝文さんは丁寧に折りたたまれた傘をひらいてそっと私にかざしてくれた。

私がけぶるような淡い色調のイラストを描くと、目を細めて褒めてくれた。気がついたらスケッチブックはパステルカラーに染まっていた。泣きたくなるくらい優しい色を描けば描くほど、私の心は汚い色に塗り潰されていく気がした。絵にだけは嘘をついてはいけなかったのに。

「お祓《はら》いをしたほうがいいんでしょうか」

小さい声で言ったつもりなのに、男は「ええ！　なんで？」と大声をあげた。

「だって幽霊ならお祓いしたほうがいいでしょう」

「幽霊なんですか？」

「あなたがそう言ったじゃないですか」

「いや、他人の目に見えないものなら幽霊かなって」

男はそう言って、だし巻き卵の最後の一切れを口に放り込んだ。その様子を眺めながら少し考えた。

「もしかしたら木の精なのかも。あの少女が現れるのはいつも切り株の傍なんです。

あの木は祖母が伐《き》らせたそうですから。立派な桜の木だったそうです」

「それは、いつ？」

「お嫁に来た時だと聞いています」

男はしばらく口をへの字にして唸っていたが、突然「任せてください」と胸を叩いた。

「俺がお祓いをします」

「できるんですか」

「もちろん。それくらいできなきゃカメラマンは務まりませんから」

心底、胡散臭い男。私がため息をつくと、男は「だいじょうぶ、だいじょうぶ」と笑い、カレーうどんを音をたててすすった。

祖母は桜が嫌いだった。

掃いても掃いても花びらが散って、服だの家の中だのひらりひらりとすべり込んできて汚らしい、と春は文句ばかり言っていた。酔っ払いも嫌いだったので花見などもっての外だっただろう。

そんな祖母の生まれ育った屋敷にはたくさんの桜の木があったらしい。花の頃には屋敷は薄紅色の真綿ですっぽり覆《おお》われたようだったという。夜でもほんのり光って見えるような見事な咲きっぷりで、他県からわざわざ人が見に来るほど有名だったそうだ。

腕の良い庭師がいたという。その庭師が何より愛したのは桜だった。全国の桜を集めて、広大な庭の一角に桜畑と称して桜の生育園を作ったり、街の公共施設に植えたりしたという。そして、無数の桜品種を作りだしては人々にあげていたらしい。

けれど、だんだん家は傾き、使用人も一人また一人と暇をだされていった。その庭師だけは雇われ先が変わっても月に一度は祖母の生家を訪れ、桜の木の世話をしていたらしい。祖母の一族が屋敷を手放すまで。

「桜はもう充分」

嫁いできた時、そう祖母は言ったそうだ。他には何も望みません、代わりにここの庭の桜の木を伐ってくださいと祖父に懇願したらしい。零落してしまった家を思いだすのだろうと、不憫《ふびん》に思った祖父は、木を伐った。大きな桜だったので根と切り株は残った。

もしかしたら、と思った。少女の幽霊のまわりでちらついているものは桜の花びらなのではないだろうか。やはり桜の精なのかもしれない。

「キヌさんの実家の桜は本当にすごかったらしいよ。死体が埋まっているんじゃないかって噂になるくらい。春になる度にばあちゃんに聞かされたよ。毎年一緒に花見したんだってさ」

顔をほころばせながら男は言った。いつの間にか敬語が消えていた。

「でも、祖母は桜が嫌いだったのよ。華やかなのは春だけで冬の裸木は寒々しいし、虫はつくわ手はかかるわ、いいもんじゃないって」

「本当に嫌いだったら友達呼んで見せたりしないよ」

満腹になって眠たくなったのか、男は大あくびをした。リュックを軽くふって背負いなおす。

見上げると髭に乾いたカレーらしきものがついていたが、面倒だったので言わずにおいた。

祖母の家の前まで来ると、男は「じゃあ、お祓いは来週ね」と笑った。

「今日してくれるんじゃないんですか？」

「いろいろ準備があるんだよ」

そう言うと、男は私を残して歩きだした。少し離れたところでふり返る。

「そういえば、キヌさんの着物ってどうなった？」

「え」

「着物。キヌさん、いつも着物だったでしょう」

心臓がずくんとはねた。目を逸らし、ポケットに手を突っ込んで車のキーに触れる。冷たく硬い感触が心を落ち着けた。

「もう全部処分したわ」

男は「ふうん」と軽く口を尖らせると、「じゃ、来週。うどん、ご馳走さま」と手をあげた。

大きな青いリュックがゆらゆら揺れながら遠ざかっていくのをしばらく見つめた。

祖母は縁側の柱にもたれたまま逝った。まるで、うたた寝をしているような死に顔だった。

医師は心筋梗塞だと言ったが、戸棚の中から市販の痛み止め薬が大量にでてきたので、どこか悪いところがあったのかもしれない。「意地っ張りだったから病院にも行かなかったんだろうな」と、父は言った。

母や叔母たちが着物を替えようと打ち合わせをひらいた時、鮮やかな色が祖母の痩せた胸元に現れた。ぎくりとした、なぜか。

「あら」と、母は言った。

「お義母さん、色ものの襦袢《じゅばん》なんて着ていたのね」

「襦袢？」

「肌着ね。着物の下着みたいなものよ。意外とお洒落《しゃれ》だったのねえ」

母は目じりの涙を拭いながら微笑んだ。私は笑えなかった。

その肌着はいつも祖母がまとう着物より明るい色をしていた。だから鮮やかな色に見えたが、よく見ると褪せたオレンジというか、赤みの入った茶色といった程度の色だった。ところどころ染めむらもあり、自然な風合いの布地だった。けっして派手なものではなかった。

それでも、見てはいけないものを見たような気がした。血が乾いて風化したような色にも見えたからかもしれない。いつでも毅然としていた祖母がひっそり秘めていた女らしさを、私たちが安易に知ってしまってはいけない気もした。

皆、なんでもない顔をしていた。私だけが顔を背けて胸の鼓動を感じていた。

一週間後、家を出ようとしたら母に車を使うのを止められた。今日も姉夫婦たちが来るらしい。

「晩ご飯は食べてくるから」と言って駅に向かった。姉たちとあまり顔を合わせたくはなかった。

孝文さんは会う度に絵のことを聞いてきた。私はその優しい目を見るとどうしていいかわからなくなる。姉夫婦が来ている時の私は、切り株の傍らに佇む幽霊と同じ目をしている気がする。何も見ようとせず、目の前のことが過ぎていくのをただ待っている。

電車からバスに乗り換えて祖母の家のある町に着くと、もう三時前になっていた。門が開いていた。石の小道を歩いていくと玄関の前で足を広げて寝ている男が見えた。ポケットのたくさんついたワークパンツを穿き、髭は剃られていたが、髪は今にも鳥が飛んできて巣を作りそうなくらい寝ぐせだらけだった。けれど、無防備なわりには、首から下げたカメラは手でしっかりと摑まれている。

「ちょっと、起きてください」

肩を揺すると、「んあ？」と間抜けな声をあげて私を見た。

「ああ、咲さんか。あんまり遅いから寝ちゃったよ」

「遅いって、約束の時間は決めていないですよ」

男は「そっか」とあっさり言うと、立ちあがって伸びをした。

「さ、はじめようか。その前にお茶とおやつ買ってきていい？」

　悪びれた様子もなく手を差しだしてくる。仕方ないので千円札を載せてやると、口笛を吹きながらでていった。なんだか体よくたかられている気がする。

　そのまま帰ってこなくてもいいと念じながら家に入り、窓や引き戸を開け空気の入れ替えをしていると、男はほどなくコンビニの袋をガサガサ言わせながら帰ってきた。

「なんにもなくなったね」と、言いながら慣れた様子で居間を横切る。

　唯一残ったちゃぶ台を縁側近くに引き寄せ、ペットボトルや袋菓子を並べる。縁側にあぐらをかいて座り、アメリカンドッグを頬張りだした。

　私も縁側にでて、庭を見た。昨夜降った雨のせいで土の匂いがたち込めている。日の光が眩しい。少女はいなかった。

　男から少し離れたところに腰を下ろす。「ねえ」と、アメリカンドッグを食べ終えた男が言った。たくさんあるポケットのひとつから何か取りだした。私の目の前で手をふる。

　ぱっと橙色《だいだい》のものがひらいた。祖母の筋ばった胸元が蘇《よみがえ》った。

「こんな色の布、見たことない？」

　思わず立ちあがっていた。男は私を見上げた。

「キヌさん、身につけていたでしょう。この布、俺のばあちゃんが染めたんだよ。ばあちゃん、小さい頃にキヌさんちの庭見てから植物が好きになって、ずっと草木染めやっていてさ。昔、キヌさんに頼まれたんだって」

男は立ちあがると、靴下を脱いで縁側から庭に下りた。朽ちかけた切り株の方に歩いていく。

「それも何十枚も。襦袢ばかり。もちろん一度にじゃない。少しずつ、それでも二、三年はかかる量だったってさ。これでも、うちのばあちゃんの草木染めは有名なんだよ。日にあてて晒しながら何度も染め重ねるから変色も褪色もしない。四十年、五十年ともつんだ」

ふいにふり返る。

「この布、何で染めているか知ってる？」

私の返事を待たずに、男は布を切り株の上にふわりと置いた。

「桜だよ」

そっと笑う。

「この木だったんだな」

男のすぐ横の空気が揺らいだ。少女が立っていた。

お下げの編み目まではっきり見えた。少女はいつものように虚ろな目をしてはいなかった。布の置かれた切り株を見つめていた。

「いるんだね」

男がゆっくりと言った。見たこともないくらい優しげな目でまわりを見回す。

「あなた、見えないの？」

「ごめんね、本当は俺にも見えない。見えていたのはキヌさんなんだ。そして、あなたに幽霊が見えるのは、あなたにもキヌさんと同じように押し隠した色があるからなんだよ」

「どういうこと？」

「キヌさんは本当は桜が大好きだったんだ。あるいは桜に付随した何かを愛していた。それは教えてはくれなかったけれど。でも、キヌさんは嫁ぐ時にその想いを断ち切ろうとした。だからここの桜の木を伐ったんだ。けど、全てを断ち切れなかったのかもしれない。だから、うちのばあちゃんに頼んで桜で襦袢を染めたんだ、一生分のね。秘かな想いを誰にも知られることなく一人で抱えていこうと思ったんだろうね」

少女のまわりで光がちらついた。くっきりと見えた。桜の花びらだった。ちかちかと光りながら、少女を取り囲んで舞う。

「祖母は桜は嫌いだって……」

「キヌさんの生家にいた庭師は桜守と呼ばれていたらしいよ。この街の至るところに様々な桜を植えてはそれを管理していたんだ。あなたが卒業展をやった、桜ですっぽり包まれる丘の上の美術館もだよ。あそこの桜は本当に見事だよね。キヌさん、ずっとあそこで展示をやりたがっていたんだ。あなたの展示、きっと誇らしい気持ちで行ったんじゃないかな。ねえ、他に何が見える?」

「桜が散るのが見える」

私が呟くと、男は縁側に戻ってきた。

「キヌさんはここの桜が咲くのを見たことはないと思うよ。桜染めは花びらじゃなくて、花が咲く前の生木を使うから。花びらからだした色では布には染み込まない。梅も桜もね、褪せない色は幹の中にあるんだ。秘めたものは強いんだよ。生きたまま幽霊を生みだしてしまうくらい」

「じゃあ……」

「そう、あなたが見ている少女は叶わなかったキヌさんの想いだよ。そして、咲くことはなかった桜の花」

もう一度、少女を見た。少女は降りそそぐ桜吹雪を見上げている。

「でも、それはもういい。問題は咲さんだよ」

「私？」

驚いて男を見た。男は黒い目で私を覗き込んだ。

「そう、あの少女は本当は見えてはいけないんだ。俺はキヌさんに頼まれたんだ。もしも、私のように幽霊が見える人が現れたら気付かせてやって欲しいと」

「何に？」

「無理して自分を納得させなくていいってことに。自分の気持ちを抑えずに自由に生きて欲しいって。生涯、自分の幽霊を見続けるような生き方は自分だけでいいんだと言っていたよ」

「私は別に我慢なんてしていないわ」

「じゃあ、どうして絵をやめたの」

「描けなくなったからよ」

「本当に？」

男から目を逸らす。

嘘だ。描けた。けれど、ある日気付いてしまったのだ。自分の描きたい絵じゃなくて、褒められる絵を描いてしまっていることに。

私は孝文さんの好きな淡い色の優しい絵ばかりを描いていた。自分の心の本当の色に目を背けて、ただただ綺麗な色ばかりを塗り重ねていた。孝文さんに気に入られたいがために。

「媚びた絵を描いてしまっていたの。私らしくない色を使って」

「どうして」

「ある人に気に入ってもらいたかったから」

「みんな好きな人にはいいとこ見せたいもんだよ」

男は笑った。「そんなの悪いことじゃない」と言いながら、レンズの蓋《ふた》を外しズボンのポケットに入れる。

「好き？」

「そう、好きだったんじゃないの、その人のこと。俺だって若い頃、好きな子にふり向いて欲しくて下手くそなギターやったりしたよ」

「でも、好きになってはいけない人なの。それに、好きだとしても大切な人たちをちゃんと大切にできるあの人が好きなの」

だから見ないようにしていた。私の想いにも気付いて欲しくなかった。なのに、知らず知らず変わっていく自分の絵があった。ひどく浅ましいと思った。

「人はそんなに綺麗じゃない。完璧じゃない。自分の欲望をちゃんと見つめた方がい い。それからだよ」

欲望。なんて強く恐ろしい響きだろう。否定しかけて、口をつぐんだ。

そうだ、私はきっと孝文さんが欲しかった。たった一日でもいいから二人きりでいたかった。私を見て欲しかった。それが叶わないならば、せめて私の絵だけでも愛して欲しかった。欲望は確かにあった。

少女の姿は滲んでいた。それが桜吹雪のせいなのか、涙のせいなのか、わからなかった。

男が膝をたててカメラのシャッターをきった。よく切れる鋏のような威勢のいい音が狭い庭に響く。

「幽霊なんて撮れるの？」

「目に見えるものだけを写すわけじゃないから。絵も同じじゃないの、生きてきた中で知ったたくさんの想いが見えない深みをだすんだと俺は思うよ。幹の中を流れる花の色みたいにさ」

切り株の上の布を見た。

花は散り、樹は枯れても、色は消えず。ふっとそんな言葉が浮かんだ。

祖母の身のうちを流れていた赤い色を見た気がした。それがどんな想いだったとしても、綺麗な色だと思った。

座り込んで膝を抱える。

「ねえ、でも、どうして私や祖母に幽霊が見えているのがわかったの?」

男はカメラから顔を離して笑った。

「俺、カメラマンだよ。幽霊は見えなくてもさ、秘めたものは見えるの。色なんてさ、押し隠しても滲むものだよ」

小さく笑う。悪い気分ではなかった。

しばらくしてカメラを構えながら男が言った。

「まだ、幽霊が見える?」

問いには答えなかった。まだ、哀しさは残っていた。きっと、これからも切ないだろう。孝文さんの声を聞く度、その佇まいを見る度、胸は軋むだろう。

けれど、確かな痛みを感じながらも不思議に心は穏やかだった。

季節外れの桜の花びらが一枚一枚消えていくのを黙って見つめ続けた。

あとがき

私がはじめて見た桜は紫色をしていた。

六つの時の記憶だ。私たち一家はアフリカのザンビアという国に引っ越してきて、私はそこで満開の紫の木を見た。

ごつごつとした幹は巨大で、ひとつひとつの花は釣鐘《つりがね》形をしていた。無数の花は真っ青な空を埋め尽くしながら時折、ほたほたと散った。

音楽が聴こえた気がした。泣きたくなるくらい幸福な。

それはきっと祝福だったのだと思う。原始的で無慈悲で強烈な、日本とは何もかも勝手が違うこの国に迎え入れられた気がした。この国の桜は紫なのだと思った。

それまで私は北海道に住んでおり、昔話や古典で桜の存在を知ってはいたが、「これは桜だ！」と納得できる花に出会ったことはなかった。遅い北海道の春は花よりも鮮やかな新緑が目をひく。桜も最初から葉桜になってしまう。まるで雲のように、花びらだけが咲く木を見たことはなかった。景色を染める満開の桜は私の憧れだった。

そんな桜に、遠い異国の地で出会ったのだから、それはものすごい衝撃だった。そのうち、紫の花はジャカランダという名前の木だと知る。日本に帰ってから知ったが紫雲木とも呼ばれるようだ。

桜ではないと知っても、ジャカランダの圧倒的な美しさは褪せることはなかった。ジャカランダには桜と同じ荘厳さがあった。

花の頃は気温によってもまちまちだが、八月から九月。ちょうど私が通っていたインターナショナルスクールの新学期とかぶる。

毎年、新しい学年にあがる緊張を胸に抱きながら紫の並木道を歩いた。ベルのような可愛らしい花を踏まないように、妹とぴょんぴょん跳びながら歩いた。けれど、どんどん降り積もっていく花は道を埋め尽くし、「もう歩けない」と笑い合った。思い返す度、夢のような景色だと思う。

この短編集には桜の話ばかりが収められている。デビュー前に構想していた話もある。職業作家になってから半年に一作ずつ描いていったお話たちだ。はっきり言ってなかなか変な人たちが多くでてくる。彼らはそれぞれやっかいな問題を抱えていたりする。

人が完全にわかり合うことはできないと私は思う。

でも、繋がることはできる。美しいもの、優しいもの、鮮烈なもの、そういった心動かすものに触れた時、人の心は一瞬溶ける。そんな時に共感する誰かに出会えたなら、とても幸福なことだ。その瞬間はきっとその人の支えになるだろう。

今、私は桜がたくさん咲く古い街に住んでいる。十年以上住んでいてもまだ見たことのない桜の名所がある。けれど、アフリカで家族と見た紫の花は未だに心の中にあって、少しも色褪せることはない。

二〇一三年二月

千早　茜

解説

藤田宜永《ふじたよしなが》

文学賞の選考委員をいくつか引き受けているが、正直に言って、候補作が送られてきた時はちょっと重い気分になる。自分の仕事を中断して、読む時間を取らなければならないのがつらいのだ。しかし、若い人の優れた作品に出会えると夢中で読んでしまう。

千早茜さんの作品に初めて触れたのは島清《しませ》恋愛文学賞を受賞した『あとかた』である。選考委員を務めていなかったら、彼女の小説を繙《ひもと》く機会はなかったかもしれない。象徴的な小道具を上手に使った短編らしい短編で、自分の世界をきちんと持った力のある方だと感心した。

本書も短編集。七作品すべてのモチーフは桜である。

桜はいにしえから歌に詠まれ、小説でも幾度となく取り上げられてきた。日本人と切っても切れない花、誰にでも馴染《なじ》むが奥の深い名花である。

その名花を千早さんがどう作品の味つけに使うか、愉しみにしてページをくっていった。

柔らかくて温かい桜もあれば、女の隠された色として顕《あらわ》れる桜もある。テーマと直結しているものもあれば、遠巻きに迫ってくるものもある。ともかく一作一作に趣向が凝らされている。

しかし、どの作品からも、千早さんの世界が匂い立ってくる。

〝変な人たちが多くでてくる〟

ご本人があとがきでそう書いているが、その通り。しかし、日常生活を普通に送っている人たちとかけ離れてしまっているわけではない。だから読み心地がいいのだ。一話目の「春の狐憑《きつねつ》き」の冒頭で、いきなり小さな管に入っている、〝実体のない〟狐と過ごしている男が出てくる。それだけ聞けば、幻想小説かなと誤解する読者もいるだろうが、程よい抽象性を伴った幻想風味の作品という方がより正確だろう。描写がとても上手だから、ふわりふわりと作品に引き込まれていく。

本作品は、必ずしも成人女性が主人公というわけではない。

「白い破片」は或る女に執着している青年が中心人物。

「初花」は、ステージママがついている少女のお話。

「エリクシール」では、夫の胸の裡《うち》を知ってショックを受けた女の心境が綴られている。

「花荒れ」は、中年男と初老の男が、或る女について語り合うちょっとユーモラスな作品。

「背中」は大学の資料館が舞台の人間模様。

「樺の秘色」は少女の幽霊が見える女の物語。

これだけバラエティに富んでいるが、作品が醸し出してくる世界は同じである。

日本人は、小説の主人公に作者を重ね合わせようとする傾向が強い。母子の関係が書かれていると、作者の子供のことか、と思ったりしがちなのだ。しかし、そうであろうがなかろうが小説は作り話である。

ところが、この作り話にこそ、エッセーや告白記よりも、書き手の姿がよく顕れる、と僕は思っている。

千早さんの小説もそうである。現実にいない狐の話が語られようが、青い桜の刺青《いれずみ》を必死で探す女が登場しようが、どの作品にも千早茜という作家の人生観や心象風景が色濃く反映している。

本編の舞台によく使われているのが美術館、資料館、寺である。

美術館で働いている女は、生活のない美術館が好きである。

〝何より、人が通過していく場所だというのが私を安心させた。どんなにたくさんの人が訪れても、誰一人としてここに留まることはない。人々の流れの中で、私は古い建物や展示品の一部になる。そして、乾いた時間に静かに埋もれる〟（「春の狐憑き」）

ありとあらゆる資料を保存している資料館で働いている青年は言う。〝……どの部屋にも共通するのは整えられた死の匂いが漂っていることだ〟（「背中」）

廃墟、死の世界を、隠れ家、或いは安寧の場所として生きている人たちは、多かれ少なかれ、〝人と関わるのが怖い〟。そして、春そのものを避けたがり、桜を嫌っている。

「エリクシール」に出てくる女は、ちょっと違う。恋愛もセックスも求めておらず、他人を操り、〝肉体として存在するだけのわたしになりたい〟と言って男遊びを重ねる。

一見、春を生きているかのように装ってはいるが、この人物も根の部分は、美術館で働く女とそう変わりはない。〝肉体として存在するだけのわたし〟というのは、英語の文法に例えるならば、非人称構文。〝I〟を消して〝IT〟で始まるフレーズを生きていきたいということだろう。

ちょっと難しい言葉で言うと〝非在〟を求めている人たちが、この作品によく登場するということだ。〝私は古い建物や展示品の一部になる。そして、乾いた時間に静かに埋もれる〟という美術館で働く女の言葉を思い出していただければ、理解できるはずだ。

とは言っても、〝乾いた時間に埋もれる〟ような生き方は不可能に近いし、それが本当の望みだとは言えないだろう。

生きていれば否応なく、他人が関わってくる。

管に実体のない狐を入れている男は、「狐はね、人の正気を喰います」と美術館に勤める女に淡々と言う。何とも怖い話のようだが、決してそうではない。女の心を解放してくれる〝狐憑き〟なのだ。

この男のような破格な人間が、どの作品にも登場し、相手に揺さぶりをかけてくる。情熱と空虚、確かなものと不確かなもの。その間の危うさ、揺らぎを描くのが、千早さんはとても上手だ。

意志的に描こうとしているに違いないが、素直に表現されているから、読者、特に恋愛に躊躇《ためら》いがちな若い人たちの心を摑むのだろう。

僕は今年六十五歳になる。僕が若い頃は、男女とも恋愛に今ほど腰が退けてはいなかった。それは僕たちが強かったのではなくて、恋愛っていいものだ、という幻想の膜が時代を被っていたからである。恋愛の結末なんていつの時代だろうが、そうは違わない。当時の若者も、今の若者と大体同じようなことを思っていたが、振られても傷ついても、恋は何となくいいものだという時代の空気に後押しされて繰り返していたのだろう。

今の若い人も、〝自分を忘れて、わたしがわたしでなくなってしまうような感覚〟を欲していないはずはない。また難しい言葉を使うけれど、このような感覚は超越的なものなのだ。お祭りやダンスでも我を忘れる超越的な感覚は味わえるが、男と女の場合は、常に生々しさがつきまとうものだから、修羅場が当然生まれる。そして、案外早く〝散ってしまう〟。恋愛の痛手から逃げる一番の方法は恋愛しないことである。とは言っても人は躍動を求める。

〝桜ってのはずるい花じゃないですか。あっという間に消えてしまうくせに人を惹きつける〟（「花荒れ」）

〝桜〟を〝恋〟に置き換えることに無理があるだろうか？

「樺の秘色」にパウル・クレーの絵のことが語られている。主人公が密かに思いを寄せていた男に似合う絵で、イラストレーターを志望の主人公は、男の好みのパステルカラーのスケッチを描いていた。

〝その色彩は、原色でもないし、暗鬱な色でもない。赤青黄の中間色、萌黄色、薄むらさき色などの四角で、半透明のあたたかい色である。（略）私はその絵の中に、強烈な原色の赤を投げ込んでみようと企んでいた。その赤を投げ込んだとき、その絵はどういう混乱を呈するか……〟

これは、本書の引用ではない。吉行淳之介《よしゆきじゅんのすけ》の『砂の上の植物群』の一節で、さらに意味深長な作者の考えが続くのだが、それはさておき、ここに出てくる絵の作者はパウル・クレーである。

『桜の首飾り』の基調となっている色は温かい。しかし、そこに必ず、ベースの色彩を壊す色が投げ込まれる。その正体を本書から引用すると〝欲望〟であり、正気を喰ってしまう何かということになるのだろう。

千早さんは、あとがきにこう記している。

〝私がはじめて見た桜は紫色をしていた〟

千早さんは、独特の眼差《まなざ》しを持った確かな作家である。

二〇一三年二月　実業之日本社刊

実業之日本社文庫 ち21

桜《さくら》の首飾《くびかざ》り

2015年2月15日　初版第1刷発行
2023年6月20日　初版第2刷発行

著　者　千早《ちはや》 茜《あかね》

発行者　岩野裕一
発行所　株式会社実業之日本社
〒107-0062　東京都港区南青山6-6-22　emergence 2
電話 [編集]03(6809)0473 [販売]03(6809)0495
ホームページ　https://www.j-n.co.jp/
印刷所　大日本印刷株式会社
製本所　大日本印刷株式会社

フォーマットデザイン　鈴木正道(Suzuki Design)

ISBN978-4-408-55209-5（第二文芸）